最世界

北纬N度

蔡景晖 主编

南海出版公司

一起发现最世界

主　　编：蔡景晖　张　轶
执行主编：陆　淼
内容编辑：唐　薇　张　慧
　　　　　吴逸悠　陈国俊
首席策划：朱婷婷
专案策划：张祎航　王哲瑾
法律顾问：李　媛

责任编辑：崔莲花
装帧设计：韩　笑
特邀编辑：余梦婷

新经典文化股份有限公司
www.readinglife.com
出　品

EXPLORERS

蔡景晖
穷游网联合创始人兼总裁，前 Lonely Planet 中国市场代表，非畅销书《到南极》作者。喜欢旅行，足迹遍及中国大陆各省以及七大洲 50 多个国家。

陈盈懿
旅行摄影师、穷游网签约作者。狂爱美食、热衷装逼、特别臭美。

陈宇欣
《荒野生存》译者、《我就是想停下来，看看这个世界》作者。热爱融入当地生活的旅行方式，相信每个人都是一本读不完的书。

崔晶晶
旅行和纪录片深度爱好者，2014 年创办"旅读"俱乐部，倡导"旅和读互为起点、互为终点"的格物致知式的旅行。

郭睿
北海道穷游锦囊作者，广告人兼撰稿人。在北海道留学七载有余，寻遍东瀛北方秘境，依然看不腻北国的傲雪与寒霜。

孔雀
Lonely Planet《湖南》作者，做过半吊子科技青年，自行车旅行狂热爱好者，曾骑自行车穿越藏北无人区，最喜欢的是去探索未知的线路，比如骑车登上世界最高的公路山口。双腿和心灵，总会有一个在路上。

郦冰熹
2008 年前往荷兰学习生态学专业，在之后的 7 年时光中，游历了 20 多个国家，曾经在南非的保护区和河马、犀牛、长颈鹿生活过 4 个月，也接触过欧洲从南到北的各种迥异文化。是一个对这个世界无时无刻不充满好奇的人。

刘砚
旅游卫视《行者》栏目主编。迷恋户外与影像，2011 年开始推进《去你的部落》纪录片项目，计划拍摄世界上最偏远的部落，记录即将消失的人类生活状态和习俗。目前已完成亚马逊、巴布亚新几内亚地区、东非大裂谷和格陵兰北极圈地区的拍摄。

沐冬
认真又严格的 90 后美食狂热分子。吃过不少国家的食物，继续在发现，不断被打动，感谢世界是一幅这样美味的版图。

Olivia
总有一天你绕着地球转了一圈儿，发现世界并没有想象中那么大，连差异都小得近乎模糊，也许此时你就会想要读一个真正的、神奇的故事。不自由的撰稿人正细细扫拢零碎角落里的假期，准备小小离开一会儿。

田婷婷
《带你出发，陪我回家》作者。离开熟悉的区域活动，其实是很多动物的常态，而只有人类矫情地称其为"旅行"。也许旅行的意义不在于看到什么、听到什么、想到什么，而是突然有一天你发现自己原来是一只鸟，并非带线的风筝。

夏微晨
沉醉于探索世界和寻找美食的非典型双鱼座姑娘，性格和胃口都得益于大武汉 18 年的熏陶。既是穿梭于魔都和帝都之间的咨询顾问一枚，也是背着相机继续走世界的旅行者。

谢谢和菜菜
2010 年以 4 万元在 10 个月中穿越亚非 18 国。2011-2012 年环全球七大洲自拍婚纱照。2013 年出版《青春之后，认输之前》。2014 年起，专注摄影教学和海外婚纱旅拍。乐于分享关于旅行、摄影和生活方式的种种心得。

杨野
生于云南大理，现居瑞士洛桑，从事科学研究。"乐痴"，曾担任清华大学古典爱乐社社长，年均欣赏 30 场演出；"漫游者"，足迹遍布近 20 个国家的上百个城市或地区；"怀旧者"，做过设计顾问，醉心于过去的时尚和生活方式；"兼得者"，偶尔也尝试户外、摄影、配乐、写作、做菜。

朱国梁
80 后普通路人，常居上海。前后 8 次日本旅行，主要都、府、县几乎都游遍。自认算半个吃货，对和食非常感兴趣，觅食是旅行中的重要部分。期望不仅吃得多，更能吃得懂。

左手
《我们始终牵手旅行》作者，左手后院和左手家的老板娘。游历近 50 个国家，环球旅行，结婚生子，创业工作，用心生活。

吃万里路——日本

视界 // 162

世界观

书 +

你喜欢的，就是你的最世界

蔡景晖 / text

“你最喜欢什么地方？”这是我最常被问到的一个问题，也着实是个有趣的话题。

喜欢一个地方，究竟因为什么？

有段话讲得挺好：

“对于某地的钟情与此地的风景并不见得能划上等号，等号的那头应该是时间。对一个地方的好感是由记忆组成的：十个故宫都不如在秋天下午和当时的爱人走在公园里边；二十个圆明园不及在多雨夏日里一场浑身湿透；钟楼加上鼓楼乘以十倍也还是比不上看一次心头好的摇滚演出。我对北京的好感与风景大概无关，更多是因为在这儿认识的朋友，在这儿度过的时间，在附近的咖啡馆里消磨的慵懒的星期天下午。”

这段感触似乎出于某个在京生活的老外，而我感同身受。

生活如此，旅行相同。无论吸引你去到那里的是一张照片、一部电影、一首歌或者一个人，真正让这个地方在你生命里变得重要的肯定是你和它的相遇。于我而言，相遇，而后世界才真正有了温度。

堪察加，一个原本藏身中学课本的遥远名字，如今想起来是这样一幅画面——

余晖中，我们穿过整个城市。冻在冰海里的船反射出金光，远处的火山在森林和楼群间时隐时现，眼前的一切都被镀上了一层金色，而市中心的列宁像正遥望着落日。实在忍不了了的我，终于喊向导亚历克斯停车拍照。车子一转弯，停在一个雪坡下，亚历克斯来了一句：“卖皇帝蟹的超市七点关门，只有五分钟时间哦。另外，你们这些大惊小怪的人都是从其他星球来的吗？”管它哪个星球，翻上雪坡，即刻无言——夕阳正在远山之后渐渐西沉，阿瓦查海湾对岸的维柳钦斯基火山俯身在地平线上，不掩优美轮廓。而这还不够，因为有海。海水在狂风中翻涌着冲向岸边，近岸的水面被雪覆盖，海浪至此被冰雪困住而无法解脱，所有的挣扎都蕴含着无可估量的力量，像满腔热情，汹涌却欲言又止。眼前的景象既难以置信又莫名其妙的熟悉。同样难忘的，还有一天清晨我们送亚历克斯家的女儿上学，小美女的金发在晨曦之中闪闪发亮。

大原，京都以北 1 小时车程的小山村，去那里原本是为三千院，而今自己的大原却和三千院没什么关系——

日近黄昏，从三千院返回客栈。暮色之中，山乡翠微令人心醉。小河绕身潺潺，稻田和油菜花田温暖地铺开。小路在田间山边蜿蜒，时而途经古朴的民居。眼前的景象、色温、感觉都似曾相识，应该是宫崎峻的世界，是《龙猫》里的山村。回到客栈，天空已经渐渐暗成了绀青。日落月升，主人准备的味噌火锅也随着一起上来。走地鸡、豆腐、菇子、自家后院的蔬菜，心满意足。客栈的五右卫门风吕是一个露天的大缸，四周山林环绕。一丝不挂，泡在暖暖的大锅风吕里。仰望夜空，半个月亮正在云间穿行，细雨落下。深呼吸林间自蕴甘甜的空气，可遇不可求。

菲斯，摩洛哥的迷人古都，也把我迷得一塌糊涂——

虽然自认方向感和认地图本事一流，可这个城市还是轻轻松松就颠覆了我多年的认路习惯。古城有两条大路，走在主街上自然是没有问题，但也有些无趣。拐进小巷，演出就开始了：这个城市显然没有规划，自由主义的街巷随着各家的院墙肆意流淌。小巷众多，大多又没有名字，窄巷高墙让你无法凭阳光和影子来辨识，曲曲弯弯的路更让你无法记住方向。道路时而上，时而下，时而分叉，时而死胡同，简直就是迷宫。而且，你还很难专心致志。眼前到处都是色彩，那些摊位上摆出的饰品、食品、衣物大多斑斓。耳朵里听到的是不断的叫卖声、驴车往来的铃铛响，空气中弥漫着皮子的味道。一会儿工夫，哪里是北？ 从拐进小巷起，往往就会有几个孩子尾随着你，只等着你迷了路，然后带你回到大路上去。这也变成了他们的小营生，比去染坊做工赚钱轻松得多。 这样的地方，也只有相遇才能让人体会到那是怎样一种迷人。

难忘的相遇还有许多——杜布罗夫尼克、索维拉、乌斯怀亚、佩特拉、巴塔哥尼亚……因为到达，因为身处，因为感受，因为回忆，地图上一个个名字有了生命，走进你我的世界，鲜活生动。

所以，去遇见吧！相遇之后，你喜欢的，就是你的最世界。

WE ARE TRAVELLERS

你是谁
此时地标
第一眼世界
梦寐之地
旅行于你意味着什么

你是谁
张诺娅

此时地标
Troutville, Virginia, USA（阿帕拉契亚小径第727英里）

第一眼世界
重庆

梦寐之地
澳大利亚的艾尔斯巨岩

旅行于你意味着什么
平凡人的英雄梦想

你是谁

苏莱曼soliman

此时地标

香港国际机场

第一眼世界

云南昆明

梦寐之地

没去过的地方

旅行于你意味着什么

旅行就是我的生活，所以在路上会尽情融入当地，不把自己当来客

你是谁

saviourwin

此时地标

上海

第一眼世界

上海

梦寐之地

玻利维亚

旅行于你意味着什么

发现和经历不同，探索一切未知，完善我的人生。当然，还有去完成我的心愿——做不下百部的旅行纪念视频

你是谁

Andie

此时地标

广州

第一眼世界

广州

梦寐之地

秘鲁、玻利维亚、智利

旅行于你意味着什么

开眼界，吃当地菜，认识新朋友。自从玩上潜水，又开启了一个新世界，水陆两栖，生命体验越来越惊喜

你是谁
非洲的青山

此时地标
坦桑尼亚塞伦盖蒂国家公园

第一眼世界
湖北武汉

梦寐之地
坦桑尼亚塞伦盖蒂国家公园

旅行于你意味着什么
体验野生动物的世界和大自然

你是谁
小米的森林

此时地标
北京

第一眼世界
沈阳

梦寐之地
厄瓜多尔加拉帕戈斯

旅行于你意味着什么
去体验，去感受，去冒险，去融入，去认知一个完全不同的世界

你是谁

rodrigo

此时地标

秘鲁利马

第一眼世界

河北

梦寐之地

耶路撒冷

旅行于你意味着什么

走世界，通古今，晓自我，笑对人生。旅行总能给我重新审视自我的空间。背包8年多，从最初行色匆匆，到如今细细品味，旅行伴随我成长，帮助我成熟

你是谁

powerplant

此时地标

摩洛哥丹吉尔

第一眼世界

甘肃天水

梦寐之地

哥伦比亚、古巴

旅行于你意味着什么

意味着未知、冒险和发现，意味着自省与给予，意味着与不同的人相遇，从他们的身上感受对生命的热情。很认同阿兰·德波顿的一句话——“我们怀着谦卑的态度接近新的地方，对于什么是有趣的东西，不带任何成见。”

你是谁
Oneice

此时地标
北京

第一眼世界
北京

梦寐之地
太多了，没去过的地方都想去

旅行于你意味着什么
旅行是钥匙，打开对世界的认知，是探索和发现，也是创作的源泉

你是谁
穿岳

此时地标
北京

第一眼世界
北京

梦寐之地
喜欢争端较大的地方，现在感兴趣的是也门的萨那

旅行于你意味着什么
因为好奇心一直很大，喜欢观察不同的文化，感受冲突的后果，所以不知不觉踏上旅程，开启将琐碎细节进行重新梳理的过程。认识这个世界需要阅读，也需要体验，需要在路上，也许可以从各种联系中有所发现

你是谁
尘小烟儿

此时地标
尼泊尔博卡拉

第一眼世界
重庆

梦寐之地
太多了咋办，目前最想去的是新西兰（滑翔去~~~）

旅行于你意味着什么
最初，旅行是去到陌生的地方，经历不可期。到现在，无论对待工作还是感情，渐渐都能够以一种冒险的心态去经历和享受。当生活被旅行渗透之后，生活即旅行

你是谁
tinotino

此时地标
广州

第一眼世界
广州

梦寐之地
玻利维亚乌尤尼盐湖

旅行于你意味着什么
柴米油盐之外的另一辈子

你是谁
chiwingkam

此时地标
土耳其

第一眼世界
中国

梦寐之地
拉丁美洲

旅行于你意味着什么
从中国出发，陆路穿越中亚六国和西亚伊朗，终于抵达土耳其，身处土叙边境的叙吕奇镇时，被眼前的无数帐篷震惊了。当时天气很冷，刚下完雪，难民营里人很多，妇女在栏杆上晾衣服，孩子们就在地上玩泥巴，但即使条件艰苦至此，我还是不断地被邀请进帐篷喝茶做客。后来，我决定留在当地，以志愿者和摄影记者的身份来帮助他们，并记录我看到的一切。这时候才相信，旅行的意义不只是旅行

你是谁
变体法案大伸腰

此时地标
黎巴嫩贝鲁特

第一眼世界
浙江金华

梦寐之地
戛纳电影节期间的戛纳电影宫

旅行于你意味着什么
自由的人会渴望更多选择，去寻找世界上更适合自己的生活，也许是衣食，也许是文艺，或者是人

你是谁
贝乐爷贝克斯

此时地标
广州

第一眼世界
广东

梦寐之地
意大利、梵蒂冈、耶路撒冷

旅行于你意味着什么
喜欢走街串巷，流连各色文化，体验风土人情。每个瞬间都是回不去的过去，所以忍不住按下快门定格不可复制的瞬间

你是谁
雍容致殇

此时地标
意大利罗马

第一眼世界
浙江

梦寐之地
回到冰岛

旅行于你意味着什么
旅行给了摄影条件，而摄影给了旅行理由。旅行让人的心变得更宽广。不出去看看，我怕自己会觉得世界就那么大

你是谁
Housheng

此时地标
北京

第一眼世界
山西太原

梦寐之地
斋月时的麦加

旅行于你意味着什么
探寻我想了解的人们的生活，因为他们都不在我身边，所以我必须出去

你是谁
磨房的goalynch

此时地标
澳大利亚阿德莱德

第一眼世界
四川成都第三人民医院

梦寐之地
过去是丝绸之路，现在是佛教之路（尼泊尔、印度、巴基斯坦、阿富汗）和南美（准确地说，是厄瓜多尔、秘鲁、玻利维亚、智利）

旅行于你意味着什么
有机会在有限的人生中接触无限的历史、无限的空间和无限的人，用最世俗的方式（吃喝玩乐）完成自我修行

你是谁
ginandtonic

此时地标
苏格兰格拉斯哥

第一眼世界
上海

梦寐之地
常州

旅行于你意味着什么
反正不出去走就难受

你是谁
SJ

此时地标
德国卡尔斯鲁厄

第一眼世界
上海

梦寐之地
我能说想去火星吗？好吧，我喜欢自然风光和历史人文，短期内最想去的地方是意大利多洛米蒂山区和罗马尼亚东北部的民族村落

旅行于你意味着什么
我喜欢与当地人闲聊，尤其是长者，听人们聊生活中的故事，了解最真实细微的民俗。在陌生的市井文化里，不怀成见地沉淀生活

North Latitude
北纬
N度

去你的，北极圈

格陵兰岛 // Kalaallit Nunaat：70°N

刘砚 / text & photo

刘 砚

由于迷恋户外与影像，有了走出去看那花花世界的愿望，尤其钟爱几大著名河流：长江、尼罗河、雅鲁藏布江、亚马逊河。有机会加入旅游卫视，在《行者》栏目工作至今，一方面继续满足自己对世界的好奇心，另一方面对影像的热爱持续燃烧。

2011年开始推进《去你的部落》纪录片项目，计划拍摄世界上最偏远的部落，记录即将消失的人类生活状态和习俗。目前已完成亚马逊、巴布亚新几内亚地区、东非大裂谷和格陵兰北极圈地区的拍摄。

时至今日，我依然记得2009年那趟去往北极点的海冰穿行。由于临行前一直熬夜，身体在一种极度倦怠的状态下就被直升机“空投”到了北纬89度，全身被包裹成厚重的一大团，以此抵御寒风 。

每当有人问我对北极的感受，我都会告诉他们：北极非常无聊，那里什么都没有。的确如此，北极的极端环境不允许太多的人去和它友好相处。这几年在陆续走访了亚马逊、巴布亚新几内亚以及东非的一些偏远部落之后，我越来越觉得北极圈内的原住民是这个星球上生存力和意志力最顽强的人类部落。

2014年11月，为了拍摄一部关于当今因纽特猎人生活的纪录片，我再次来到了北极地区。这一次的目的地不再是荒芜的北极点，而是格陵兰的因纽特部落。

囚禁在机场

从世界地图上看，格陵兰岛离北美洲非常近，但实际上前往格陵兰岛的最常规路线却是从丹麦乘坐飞机，经过 6 小时的飞行到达格陵兰的门户——Kangerlussuaq。Kangerlussuaq 位于格陵兰岛西部，是全岛唯一一个不靠海的城镇定居点。由于远离大海，此地拥有相对稳定的气象条件，成就了它咽喉要塞的地位——只要外部世界的人想进岛，无论是去政治经济文化中心 Nuuk，还是去旅游胜地 Ilulissat，首先都要降落在此，然后再换乘小型飞机前往全岛各地。

Kangerlussuaq 机场建在一个三面环山的山谷平地中，另外一面是宽阔的冰河平原。在 80% 的面积被冰川覆盖的土地上，找到这样一块风水宝地实属不易。跟我们搭乘同一航班的旅客陆续进入中转站的咖啡厅，等待前往全岛各地的飞机。一时间咖啡厅坐满了人，异常热闹——其中有半数一看就知道是格陵兰人，因为他们都有一张典型的亚洲人面孔；其余则是金发碧眼的老外。一个头发已经花白的欧洲老奶奶在我旁边坐下，我们攀谈起来。

“格陵兰真美，你要去哪里？”我问道。

“Nuuk，这周格陵兰马上就要大选了，所以我们都来了。”老奶奶平和地答。

“你们是谁？”我继续追问。

“丹麦的记者啊，你知道的，丹麦和格陵兰的关系很复杂。”

“2008 年格陵兰不是已经公投独立了吗？”

“但是我们丹麦每年依然要为格陵兰支付很多很多的花销。”话音刚落，就听见机场广播催促去往首都 Nuuk 的旅客登机。抵达格陵兰的第一时间就感受到了它和丹麦之间若即若离的关系，尽管两地相隔千里 。

格陵兰曾是丹麦王国的海外属地，2008 年公投后走上独立之途，2009 年正式改制成为一个内政独立但外交、国防与财政相关事务仍由丹麦代管的过渡政体。而我这次的签证，其实也是向丹麦使馆申请的。出发之前，在地图上研究格陵兰，感觉到这个全球最大的岛屿已经被这个世界所抛弃——全球密密麻麻的城市灯火璀璨，唯独这里一片雪白——260 万平方公里的土地，只有 6 万常住人口，而且大部分城镇都位于格陵兰的西部，它的东部只有两个人类定居点，最大的一个城市有 2000 人，其余的村庄仅有几百人，比如我将要前往的 Ittoqqortoormiit。即便东部人烟稀少，航空公司

机场综合体里的人们

每周仍然有一趟固定航班，用3个小时飞越茫茫冰盖，往返于东西部之间。

在2个小时之内，咖啡厅里所有转机旅客都会离开，被载往西部的不同地方。而我们将在中转站停留一晚，等待明早飞往东部的飞机。下午3点，天色已经全黑，门户机场停止作业，咖啡馆的转机旅客已经走光。走出机场咖啡厅，外面仅有一条街道，几个大的集装箱建筑体分别立在街道两旁，那是这里的超市和商店，除此之外就是当地居民的小木屋。

这里最大的建筑体是机场候机楼，它是一个融合了各种功能的综合体：候机楼、咖啡厅、餐厅、酒店、医院、理发室。Kangerlussuaq存在的意义仿佛就是保证这个门户机场的正常运转，当地人的工作或多或少都与机场有关，比如在机场里的派出所、机场的加油站、机场历史博物馆等。

第二天清晨，机场综合体格外安静。候机楼的屏幕显示：因为坏天气，去往东部的航班取消。随后，航空公司的工作人员前来告知，坏天气将持续一整天，如果今天不能飞，只能等两天后才有机会。

第三天，机场综合体继续一片消沉。这一天没有飞行任务，咖啡厅十分冷清，与第一天坐满了转机旅客的热闹场面形成了鲜明对比，气温也陡降到零下17度。

被困机场 10 个日夜后终于可以启程

第四天，我怀揣着出发的期待来到候机楼，却被浇了冷水——航空公司告诉我，整个格陵兰航空只有 6 架小型飞机承担全岛的飞行运输，今天飞机都在执行任务，飞往东部的航班无法协调，只能继续等待，而更无奈的是谁也无法确定具体什么时候能飞。至此，我全明白了，我被“囚困”在了机场。

第五天，我开始向航空公司抗议，他们的回答是无数个抱歉。为了打发时间，我尝试在室外零下 20 度的气温下跑步。从机场出发几分钟就进入了荒原，在旷野中大喊一声，直面这个真实的冷酷世界。一切都很安静，最大的声音来自于自己的呼吸和心跳，也正是在这种状态下，脑子可以放空，暂时把被困机场的事情忘却。

第六天，持续的抗议取得了成效，只不过跟想飞的愿望相去甚远——航空公司的工作人员看我很悲愤，提出可以安排我去 30 公里之外的冰川看一看。路上，司机特意在一处美军坠毁飞机的残骸现场停了下来，并告诉我们：这就是在格陵兰的坏天气里起飞的后果。

第七天，从丹麦出发载满旅客的飞机又来了，然后去往西部城市的旅客又走了，而我依然在等待。出发前无数次设想这次纪录片拍摄会遇到的困难：黑夜漫长、寒冬冰冷、地广人稀。但直到今天，所发生的这一切比想象的还要糟，就如同你准备去打一场硬仗，对手却一直没有出现，而你的生命能量就在未知的等待中被慢慢消耗掉。此时我索性彻底将心态放宽：任其发生，看看到底能有多糟糕。咖啡厅的一个厨师告诉我，此前坏天气导致旅客滞留的最长时间是一个星期，接着开玩笑恭喜我，明天我将是新的纪录拥有者。

第八天，继续在冰原上跑步，在跑步中重新开始思考、找寻自己的节奏、戒掉惯有的惰性。明白了“当我在跑步的时候我在思考什么”这句话是一个哲学命题。

第九天，白天越来越短，远山的太阳每天早上 10 点努力地升起来，挣扎 2 小时就又落了下去。我和机场综合体的每一个人都熟悉了，不管是餐馆大妈、厨师，还是机场搬运工、超市收银员，我也拥有了拿起相机拍摄而不被拒绝的“特权”。他们看起来如此平凡，但又有着让人惊叹的不凡之举：酒店油漆工，工作 5 年，用积蓄买了一只轮船打算出海环游；挖掘机包工头，用 1 个月时间滑雪横穿了格陵兰；机场搬运工，来自北部传统狩猎群落，捕猎北极熊是老本行。

第十天，终于可以离开。在飞往东部的小飞机上，我突然有了强烈的交流欲望。通过聊天得知我的邻座竟然就是几天前在选举中新上任的政府成员，来自格陵兰东部的他告诉我，今年他的主要工作就是为家乡向政府申请更多的捕猎限额，因为格陵兰东部是真正的猎人社会。

乌迪身套用北极熊皮缝制而成的裤子，肩背步枪，手持望远镜，站在岸边观察冰面

猎人归来

这是一个远得近乎抽象的地方，换乘两次航班后又搭载一架直升机，飞越海冰，穿过雪谷，才终于来到了格陵兰最偏远的小镇 Ittoqqortoormiit。

从飞机上俯视整个小镇，小木屋呈点状分散在巨大的冰山上，看起来像是一张白纸上的几滴彩色墨水。小镇依傍的山脉延伸至大海，如同一头趴在雪地上的北极熊。因纽特人自 1925 年开始在此定居，以峡湾丰富的海豹、独角鲸、北极熊、海象、北极狐为食，这种狩猎传统延续至今。

进入当地人的小木屋安顿好，一长串激昂的摩托轰鸣声由远及近，出门一看，正逢一户猎人打猎归来。在他的雪橇摩托后面，拖挂着一个长方形木箱，里面装着一头刚刚捕获的北极公麝牛——刚被剥了皮，分成几大块，风雨兼程后依旧冒着热气。此刻正值 11 月底，寒冬和黑夜的开端，人们也要开始为漫长的冬天存储食物。对因纽特猎人来说，最好的狩猎季节是春夏交替时节，那时北极熊开始苏醒，到处活动寻找食物，而在融化的海冰中迁徙的独角鲸也更容易被发现。

但是在这个初冬时节，一旦出现捕猎机会，猎人们也是不会放过的。当晚，向导尤里斯告诉我，猎人乌迪听到了独角鲸在冰下游过的声响，他们明早要去海边巡查。作为一个纪录片拍摄者，我当然不会错过这难得的场面。

出行的猎人有三位，见到他们时，准备工作已经就位。乌迪套上了用北极熊皮缝制而成的裤子，步枪和木棍铁叉绑在后面的木制坐骑上，夹杂着雪

格陵兰最偏远的小镇 Ittoqqortoormiit

花的狂风吹来，伴随着哈士奇的狂吠声，一股肃杀之气升腾而起。

我和乌迪在同一辆雪橇上，他手中的缰绳控制着前方呈扇形排开的哈士奇队伍。我注意到，当他松开缰绳启动雪橇后，他就再也不会回头了。尽管前方的冰河有无数未知，但在猎人看来，狗拉雪橇是最值得信赖的出行方式。可对我来说，这代表着冒险，昏暗的天色、曲折的山腰小道、百米深的冰渊悬崖，我必须足够信任前面那群家伙，才能将“万一被甩下崖”的恐惧与杂念抛在脑后。一段路程后，我们又开始在结冰的海面上飚行，随着小镇的灯塔在视线中越来越微弱，我们也越来越靠近独角鲸的活动区域。

在一个山崖制高点，狩猎队伍停了下来，乌迪拿出望远镜向远方打量。结冰的大海一片沉默，没有被冻结实的区域还能够看到透明的薄冰和被风吹皱的海水。向导告诉我，猎人们就是要死盯那片区域，因为独角鲸会冒出来换气。三个猎人轮番用望眼镜观察，我在一旁不敢惊扰他们。通过摄像机的长焦，我隐约发现了海水中的一个黑点。猎人们嘀咕了几句后，就转头跑向雪橇，分别拿上枪、棍、叉、绳跑下山崖，跳上了飘摇晃荡的海中浮冰。那里离我们现在的位置有200米远，他们会在那里判断出独角鲸的游行水道，然后分工设点，近距离守候。

突然，一个猎人踏破了冰层，大腿陷入冰海中，他随即将手中的长条木棍横着支在前方还未破裂的冰层上，上半身匍向冰面，尽量减少破碎冰层的压力，稳住身体后慢慢用木棍将自己拖往一旁结实的冰层。猎人的本性在此刻显露无疑，本以为这次狩猎会因为一个人的落海而结束，但出乎意料的是，那名落水者继续走向了他们计划好的埋伏点，等待开枪的时机。

我想要向猎人的位置走去，但被向导制止，他告诉我，海冰极不稳定，没有经验的人上去会很危险。另外，独角鲸对声音非常敏感，猎人在冰上行走的每一步都极其讲究，落在冰上的分寸都把握得十分到位，既不会产生震动与噪音，又能让自己有安身立足之地。

就这样看着匍匐在冰上的猎人和平静的海水，一个小时过去了，什么也没发生。我的脚已被冻僵。为了让血液循环，我不停地跺脚、原地踏步，实在难以想象冰上的猎人们是怎样坚持的。

一声枪响打破了沉寂，几句叫嚷后，向导收到猎人的讯息：独角鲸游走了。但这声枪响仍然吸引了镇上其他人的到来，他们还带上了孩子。按照因纽特猎人社群的规矩，捕到独角鲸后社区的每个人都会前来帮忙，而孩子们从小就要耳濡目染整个过程。

但让大家失望的是，这次的狩猎行动将空手而归。一天中仅有的3个小时白昼很快就过去了，下午2点天空变得一片漆黑。在回来的路上乌迪告诉我，捕猎独角鲸是一个全靠经验的活动，需要猎人在正确的时间、正确的地点，抓住转瞬即逝的机会，今天没有收获是因为冬季时节不对。昨晚，乌迪提出今天进行巡查，其余猎人之所以没有反对他的提议，无疑是因为独角鲸对大家而言太过重要。或许，用大半天的时间去争取那渺茫的收获机会，是只有格陵兰猎人才有的孤注一掷的“闲情逸致”。我相信，对于大部分生活在都市的人而言，他们心目中的世外桃源就是这样——人们依靠劳动丰衣足食，生活节奏与时令合拍。

回到乌迪的家中，我看到了他去年的战利

哈士奇是因纽特猎人最好的伙伴

品——一颗长达 1 米的独角鲸牙齿。这是独角鲸的标志性器官，也是对猎人的最高奖赏。通常情况下，被捕获的独角鲸牙齿会留给打中他的猎人，其余部分则均分给所有参与者，甚至还会分给那些不能出行打猎的老年人。在整个 Ittoqqortoormiit 地区，政府允许的捕鲸配额是一年 5 只。

除了独角鲸长牙，另外一样猎物战利品也异常醒目，那就是一整张北极熊皮。说到北极，人们一定会想到北极熊，正如谈及中国，人们首先会想到长城。在相当长的一段历史时期内，外国人认为长城象征着汉人对异族的恐惧，而汉人则认为它是伟大文明的证据。这样的文化反差在捕猎北极熊这件事上也反映明显。环保人士、政客、文化组织都把北极熊作为自己的谈资，但对乌迪这位 23 岁的因

在整个格陵兰地区，独角鲸都被视为最上等的美食

纽特猎人来说，捕杀北极熊是他们文化中“力量”的象征。

他从小就观摩祖辈与这种动物斗智斗勇，并从中获得食物，现在的他也按照政府的配额来捕获北极熊。内心深处，他始终不明白为什么总会有人指责这种行为是血腥残忍的。我能感受到乌迪和他的同伴作为猎人的激情，无论他们的工具怎样更新升级，他们的身体里始终流淌着最古老的猎人热血，他们重复着祖先的扎营地点，追逐着相同的猎物，他们是名副其实的冰原王者。

北极食谱

Ittoqqortoormiit 小镇在之后的一周时间里充分展示着它的粗鲁和狂暴，电视机上说小镇的最高风速达到 40 米 / 秒，这种情况下大家都没法出门，只能依靠小屋内储备的食物努力活下去。

我们的向导尤里斯是丹麦人和格陵兰人的后代，虽然拥有一张典型的西方人面孔，但他的生活习惯却说明他是一个地道的因纽特猎人。此前的一周，我们在镇上的超市采购了大量快餐食品，但此刻看着窗外暴雪，他兴致高昂地告诉我他想给大家做因纽特本地食物。

我跟随他前往食物储存室，那里是没有暖气的木屋底层，也是一个天然的冷藏库，混合着海水咸味和生肉血腥味的气息扑鼻而来。这里面存放有北极熊的头、胃、前脚掌，还有被切成十多块堆在地上的海豹肉。

“想吃生的还是熟的？”尤里斯问道。

对尤里斯的问题，我笑而不语。关于北极食物的各种资料，都会详细解释因纽特人的另外一个称呼“爱斯基摩人”，而“爱斯基摩人”的书面意思就是“吃生肉的人”。但对我来说，无论生肉还是熟食，都很难与美食联系起来。

最后，尤里斯收罗了以下食物：一坨海豹油、一块鲸鱼皮和一块海豹肉。

独角鲸鲸鱼皮的吃法最为简单，只要将它们浸泡在冷水里，将其软化到一定程度后就可直接食用。鲸鱼皮一面是黑白相间，另一面是纯净的肉色，同时还带有血迹。放进水里十分钟，水的表面就已泛起了一圈圈油层。

向导家的食物储存室

尤里斯拿出软化好的鲸鱼皮，用刀划成一小块一小块的正方体，然后拿起一块塞进嘴里。

“怎么样？”我问道。

“味道不错，非常新鲜。你要知道，这东西对身体有好处。”

“我知道，所以它很珍贵。”

“冬季没有太阳，我们缺少维生素，都是靠它来补充。”尤里斯边吃边说。

“好吧，我也来试一试。”实际上，鲸鱼皮没有任何味道，咀嚼起来异常困难，硬度堪比橡胶，每一口的吞咽都十分费力。

在整个格陵兰地区，无论是猎人社区还是已经现代化的城镇，独角鲸都被视为最上等的美食。作为食物，它在猎人心目中的地位超过了北极熊。在超市，一块1斤重量的鲸鱼皮售价大概为200克朗。一只成年独角鲸的重量为900 ~ 1600公斤，这也意味着一个猎人如果捕获到一只独角鲸，那么他一整年的生活就完全不用发愁了。

吃完后，我向尤里斯点了一下头。他立刻又向我推荐：“你应该试一试海豹油，这是我们的黄油。”

与其说海豹油是因纽特人的黄油，不如说是他们的“老干妈”。不管面包、生肉、熟肉还是内脏，任何食物都可以和它混搭。因纽特人就是这么一个喜欢油腻与肉食的民族，也只有这些食物才能帮助他们抵御外面的冰雪世界，祖祖辈辈传下来，他们的身体机能已经适应了这种饮食习惯。

“如果长时间不吃肉，你的身体是什么反应？”我好奇地问。

“我们必须吃肉，没有肉的话，胃就会灼热，身体不舒服。”尤里斯说。

尤里斯还告诉我，老一辈的因纽特人甚至更喜欢稍加腐烂的生肉，因为更容易咀嚼。在传统的观念里，用火加工肉食是对新鲜肉类的糟蹋，但这种观念也是有其现实原因的，在那样寒冷又缺少燃料的冰天雪地里，火总是一种奢侈品。与此同时，我看见尤里斯开始制作海豹肉，过程难以置信的单调：放进锅里用热水煮，然后加入一些海豹油。

“那绿色蔬菜怎么样？”

“不喜欢。”尤里斯回答得相当干脆。

因纽特人坚定地认为肉食才是真正的食物，这种饮食习惯也在潜移默化地影响着这个民族。虽然Ittoqqortoormiit是世界上最偏僻的人类定居点，但这几天我却发现的一些绝非巧合的现象，这里有很多身带残疾的年轻人，而这些残疾基本都是先天的。

人类学巨著《枪炮、病菌与钢铁》的作者贾雷德·戴蒙德提到过：世界上血液内有毒化学物质和杀虫剂含量最高的居民，就是生活在格陵兰东部和西伯利亚的因纽特人。这两个地区本身离化学制品非常遥远，但当地人的血汞浓度却很高，几乎达到急性汞中毒的程度。因纽特人母乳所含多氯联苯浓度之高，甚至可归入“危险废弃物”的行列，会造成婴儿听力受损、脑部发育异常和免疫功能障碍等多种后果。那么，因纽特人身上有毒化学物质的含量为什么会比发达国家的城市居民还多？研究显示，化学物质会随着食物链层层集中、转移；海洋作为生态系统中的净化池，会吸收净化人类社会排出的废弃物质；海中的鱼虾和软体动物因此吸收大量的有毒化学物质，而因纽特人的主食全为以这些鱼虾为食的鲸鱼、海豹、海鸟等。全球化以这种残酷的方式将这些与世隔绝的居民们纳入到了现代社会的运转逻辑中。

风暴没有停止的迹象，木屋的门窗呼呼作响，路灯下的冰风显得更加肆无忌惮。道路两旁的积雪高达两米，我们的窗户甚至也被雪堆掩盖。

我从小生活在中国的南方，那里山高树密。我告诉尤里斯，我在20岁之前，从来没有见过一场真正的大雪。

尤里斯也告诉我，他在20岁之前，从来没有见过一棵真正的大树。

我是杀手

离开Ittoqqortoormiit，我们飞往了拥有2000人人口的格陵兰东部第一大城市Tasiilaq，向导尤里斯的家就在那里，我想去拜访他的岳父大人。

岳父大人名叫吉尔特，身为村庄第一猎手，虽年过六旬仍精力旺盛。因为不习惯Tasiilaq的城市生活，他去到了几十公里外只有100人的村庄Tiniteqilaaq，并且谋了一份差事——村里的超市经理。当然，回到村里更重要的原因是，他可以随时打猎。

Tiniteqilaaq，在因纽特语中的意思是“低潮时期的海峡”。对于猎人来说，他们没有准确的时间概念，潮汐的涨落、风力的大小、冰层的厚薄才是判断一天工作开始或结束的标尺。

当天见到吉尔特老人家时，因为正值圣诞来临，他正在村里的文娱活动室里充当声乐老师，边弹钢琴边带领全村人唱圣歌。尤里斯告诉我，只有在村庄里，吉尔特的角色才会如此丰富，也才能感觉到自己的价值——他既是村里的长老，在商讨全村大事时给出举足轻重的意见；又是年轻人的音乐老师，主动成立唱诗班和合唱团；还是全村唯一超市的掌门人，协调村庄与外界物资的交换与流通。

在大家都放弃的时候，老猎人方显英雄本色，在最后一抹天光下，
他命中猎物，划着独木舟进入冰海，捡拾今天的收获

乘坐直升机前往因纽特村庄途中，俯瞰海面的浮冰体，
镜头中海上冰块感觉不大，但据说竖立在海面上的冰墙高达 20 米，浸入海中的部分则有 60 米之深

海豹脑袋上的血液滴落在雪白冰面上，安静得让人害怕

但每到周末，吉尔特身上所有的标签都会消失，彻底回归到“猎人”这个最纯粹的角色中。当我提出要跟随他外出一天打猎时，他善意提醒道：“在冰原上徒步一天很辛苦，你要做好准备。”终于等到一个周六，吉尔特拖着他的 kayaka，尤里斯拿着木棍，我紧随其后，三人徒步行进在冰冻的峡湾海面上，狩猎开始了。

我们要去的狩猎区是一个超级复杂的冰川峡湾地带，这片被称为 Sermilik 的冰海峡湾是东格陵兰最大的峡湾系统，好几条大规模的冰川都位于这个地区，其中最活跃的 Helheim 冰川每年贡献整个格陵兰地区 5% 的海冰“汉堡”，海冰“汉堡”就是冰川崩裂后漂浮在海洋上的超级大冰块。每当有狂风来临，伴随着远处海洋冰浪的咆哮声，摩天大楼高度的海冰“汉堡”会以 10 公里 / 小时的速度在眼前漂移、碰撞，场景魔幻至极。

高山峡湾永远在眼前，无论我们走了多远，它都巍巍然屹立在那里，距离感渐失。在冰原上行走，远离一切，什么都没有，只有孤独，所有的声音都是不同类型的沉默，周围一切的细枝末节都可以捕捉到。北极峡湾以它特有的方式向我展示着它的庄严宏伟和无尽奥妙，而它只向那些承诺旅行到无情境界的人展示。

吉尔特走，我就走，吉尔特停，我也停。一步接着一步，不去想任何事情。

当他停下来时，会习惯性地做一组动作：双脚起跳，然后落在积雪的冰层上。尤里斯解释，这一招是在寻找海豹。作为哺乳动物，海豹需要从水下冒出头来呼吸，因此它们往往会在海冰上打一个呼吸洞口，这些洞口很容易被浅层积雪冰霜所覆盖。因此，只要猎人的双脚落在冰层上感觉到有积雪松弛，就说明此处很可能是海豹的呼吸洞口。找到洞口后，猎人只需在旁耐心等待，等它们冒头换气时，一枪爆头。北极熊也是利用同样的原理来捕猎海豹的。

我对这次跟随吉尔特出行捕猎的期待颇高。一是因为海豹作为因纽特人最常见的食物，数量巨大，收获的几率很高。另一个则缘于尤里斯一直说他的岳父是“猎人中的猎人”，这种评价强烈地激发起了我的好奇心：吉尔特到底有多厉害？

如同上次跟随猎人捕捉独角鲸的经历一样，天色暗下来也就意味着捕猎关门时间的到来。本来很高的兴致再次被冰冷无情的现实浇灭——今日将空手而归。吉尔特让我们先往回走，他再去一个开阔的冰域等待最后一次机会。

最后一缕夕阳即将消失，枪声突然响起，呼叫声也随之传来。吉尔特告诉尤里斯：他已经命中猎物，赶紧把独木舟拖过来。

我们匆忙奔向远处的吉尔特，在最后一抹天光下，他划着独木舟进入冰海，捡拾猎物。这个场景深深地刻在我脑中，它是如此简单——仅仅是一艘独木舟在冰海中的剪影，却又如此的悦目，少有景象能与之相比，也少有盼望的喜悦能比这更令人神往。吉尔特用教科书般的现场表现告诉了我这个外来人，也告诉了他的因纽特女婿——捕猎就意味着等待，等待，再等待。最后一刻，在大家都放弃的时候，老猎人方显英雄本色。

猎人，同时也是屠夫。吉尔特随即进行现场处理，海豹脑袋上的血液滴落在雪白冰面上，安静得让人害怕。他用刀割下了海豹的内脏，并告诉我，当场食用新鲜的内脏是非常幸运的。对于生吃肝脏这件事，我颇感为难，虽然我强迫自己像吉尔特一样尝试了其中一块，但内心一直在颤抖。

“这是动物和男人的土地。”我故作镇静地说。我经常用这句话来拉近我和当地猎人之间的距离，同时也用这句话来为我和当地人之间的尴尬划上句号。

这几年，我分别在亚马逊、巴布亚新几内亚和非洲拍摄过世界上最偏远部落的生存状态，我始终希望自己是用一种幽默、好奇、真诚的眼光来看待与我完全不同的世界，就算再疯狂、惊骇或残忍的事件也尽量以平静的口吻来陈述。但我和因纽特人生吃了一块哺乳动物的新鲜内脏，这个事实让我无法平静。

“你是一个好猎人。”我向吉尔特竖起了大拇指。

“我不是一个猎人，我是一个杀手。”吉尔特笑眯眯地看着我，继续说道：“我告诉你我们跟动物的关系。我们必须面对杀害生命才能填饱肚子的事实。冰上的血不代表死亡，而是对生命的一种肯定，打猎就是一种圣礼。”

当我们摸黑返回村庄时，天空出现了强烈的北极光。在身体承受着狂风之苦时，双眼却得到了老天的奖赏：天空布满了北极光，它们无时无刻不在飘逸晃动，犹如灵魂出窍一般，这一切让我忍不住想要叫出声来。

对吉尔特来说，他也许不觉得今天在寒冷的冰河上待几个小时有多大的意义。但对我来说，亲眼目睹看到这个60岁老人在冰海中的经历，这一切意义非凡。

气候的确在变暖，冰川的确在融化，猎人的数量也的确在减少。格林兰的因纽特社群进入了一个新时期：冰上的狩猎时间越来越短，传统的狩猎生活越来越困难。格陵兰的未来肯定难免进入大规模自然资源开发的行列，但我希望生活在这片土地上的因纽特猎人和他们的狩猎文化能得到应有的尊敬。

ROYAL ARCTIC

放逐在白夜

俄罗斯·东西伯利亚苔原 // Сибирь:71°N

郦冰熹 / text & photo

郦冰熹

2008年前往荷兰学习生态学专业，在之后的7年时光中，游历了20多个国家，曾经在南非的保护区和河马、犀牛、长颈鹿生活过4个月，也接触过欧洲从南到北的各种迥异文化。热爱大自然，也热爱各地的历史和文化，更喜交各种朋友，吃各地美食，说到底就是一个对这个世界无时无刻不充满好奇的人。

前往世界的尽头

2011年6月22日,杜塞尔多夫(Dusseldorf)凉爽的初夏。这座德国边境城市在我脚下慢慢变小，车辆、行人还有城市中那些高耸的建筑一起渐行渐远，慢慢消失在云雾之后。这是一切故事的开头，一场经历了四个夏天的邂逅。

时间再倒回一年多之前，那时的我正在非洲最南端的荒野中穿行。头顶湛蓝的天空和肆无忌惮的骄阳，我下定决心，以后要找一个凉爽的地方继续我的研究，既可以躲避烈日的暴晒，又可以和那些恼人的蚊虫说一句后会无期。机缘巧合，我申请到了一个关于东西伯利亚苔原生态系统的博士项目，开始了关于极地的研究。

飞机从德国靠近荷兰的边境城市杜塞尔多夫起飞，穿过德国和波兰，在乘客海啸般的掌声中安稳降落在莫斯科。这个城市的机场混乱局面如同一个巨大的布朗运动试验，我们在这里和人群肉搏了好久才又开始第二段飞行。飞机穿过作为欧亚大陆分界线的乌拉尔山，穿过人迹罕至的沼泽和森林，一路向东不断追逐着地球转动的步伐，终于在6个小时后降落在简陋的雅库茨克机场。

雅库茨克(Yakutsk)是俄罗斯联邦萨哈共和国的首府，城市的建筑低矮陈旧，道路坑坑洼洼，车辆开过尘土飞扬，我仿佛穿越到了上世纪80年代的国内小县城，只有路边穿着入时的妙龄女郎和这一切格格不入。我们在雅库茨克只做短暂停留，抓紧时间补给急需的物资，当然还要享用一顿美味的“大餐”。所谓的“大餐”不过就是街边饭店里简单的比萨和冰凉的啤酒，但在接下来近两个月的日日夜夜中，我们无时无刻不在怀念这顿最后的晚餐。

最后一段航程，我们将乘坐陈旧的安-26前往终点——燧石镇(Chokurdakh)。假如你恐惧飞行，那么这趟飞行会是治疗恐惧症的绝佳良药。边抽烟边驾驶的飞行员、损坏率高达95%的安全带和发霉的飞机餐，经历过这些之后，你会在以后的日子里有勇气走上任何一架飞机的舷梯。在忍受了飞机活塞发动机3个小时震耳欲聋的轰鸣之后，航班在一个满是柏油补丁的跑道上蹦蹦跳跳地完成了此次飞行，在我心里就像李小鹏完成了一个团身后空翻落地一样完美。

燧石镇是一个比雅库茨克绝望100倍的地方。破败的房屋和遍地的废弃金属垃圾是这个文明边境的主要构成,映入眼帘的一切让人一刻也不想停留。幸好一般情况下我们会被直接接往码头，然后在一个阳光普照的午夜，被汽艇送至远离人烟的考察站。汽艇首先在汹涌的印蒂格尔卡河(Indigirka River)主干道中顺流而下，接着转身进入错综复杂、蜿蜒盘旋的河道。这也许是世界上最大的迷宫之一，无数河道支流织成了密密麻麻的蛛网，只有经验丰富的当地人才能找到唯一的航道。汽艇左拐右拐，不时惊起雁鸭和天鹅。强劲的风带走了我们脸上的热气，只留下麻木的双颊。两个小时之后，

德国科考队队长鲁兹正装作很吃惊地看着那些阴魂不散的蚊子们

终于能远远看到考察站破旧的木屋了。这时，考察站的狗第一时间发现了我们，它一边吠叫一边赶向河岸迎接我们的到来。终于，在从杜塞尔多夫启程的 4 天后，我们到达了这里。风尘仆仆地从现代文明走向荒野，仿佛抵达了世界的尽头，而这只不过是这场漫长邂逅的开始。

致广大而尽精微

有些人常问，苔原到底是什么。其实很简单，苔原又叫冻原，地底有着数十到数百米厚的永冻层，地表是低矮植被和会在夏季溶解的土壤。

在东西伯利亚的苔原，有两件事和我想象的完全不同：这里的夏天很多时候比西北欧还要炎热；而且，这里有着世界上最多的蚊子种群。4 年考察下来，我也许是全中国徒手杀蚊术第一的高手，完全担当得起我的网名“江南无影手”。更可恶的是，正是因为蚊子的骚扰，我们在炎热的夏日必须穿上厚重的裤子和防蚊服才能出门。即使这样，被蚊子叮咬依然是家常便饭，我们每个人都成了它们的免费粮仓，也不知道我提供的中餐合不合它们胃口。每位考察队员到考察站的最初那几天总是对蚊子各种警惕提防，而一个星期之后，我们就已经习惯每天被蚊虫轰炸的场面了，大概只有在蚊子太肆无忌惮的时候才会不耐烦地挥手驱赶一下。

每年地表土壤的冻融造就如此怪异的地形——
极地苔原的奇特多边形（ploygon）图案

每天早上必须面对的第一道难关：
极为难吃的甜米糊糊和抹着过期果酱的干面包片

每位科研工作者在短暂的夏天都有各自繁重的任务。研究温室气体排放的同事，需要经常在苔原带各个自动站来回走动，下载即时数据。每年初春和深秋，他们还会到达这里两次，在冰天雪地中装配和拆卸各个气象塔的仪器，以免仪器在极地零下50度的极寒中受损。他们也会扛着沉重的仪器前往数公里外的监测点，测量二氧化碳和甲烷气体排放。他们检测到的数据能帮助人们了解苔原气体排放对温室气体总体变化的影响，还能预测全球变化下苔原温室气体排放的趋势。研究植物光合作用的同事，则需要手持如同中世纪骑士长枪一般的沉重太阳辐射阵列天线，在野外测量植物的太阳能吸收量。这也是研究极地环境变化和植被变化的重要环节，因为辐射吸收量的增多也就意味着地表气温的升高。学地质的兄弟姐妹，则化身建筑工人使用专业钻机来钻取冻土层样本，由于坚硬的冻土层并不会轻易被破坏，所以要钻取区区两三米深的冻土样本往往需要数人的合力。而我，则专心研究地表植被变化。这需要的不仅仅是体力，还有十足的耐心和毅力。在无数蚊子的骚扰下，我和同事需要淡定地记录下10米见方所有植物的种类和数量。

所有这些工作，无一不是精密而刻板的，但不积跬步无以至千里，每一组看起来微不足道的简单数字收集都是整个生态研究中必不可少的进步。全球各个极地考察站数十年如一日的持续研究，就如同一块块拼图，让人类对极地生态系统有了一点模糊的认识，也让我们更多地了解到这个星球的历史，并能进一步尝试着预测世界的未来。这是一项庞大漫长到近乎绝望的工程，可每个参与者都为能投身这项事业而自豪。

孤山，去而复返

当然，枯燥的研究不是极地科考的全部。虽然远离文明的中心，通信也几乎等同于与世隔绝，但我们总能找到一些事情自娱自乐。这其中最大的乐趣也许就是在每天晚上睡觉前，远远地眺望地平线

东西伯利亚的广袤苔原，远处是被我们称为孤山的 pingo，而近处则是当年放生野化麝牛的围栏

每年初夏时节，植物都会抓紧每一秒的时间努力生叶、开花、结果，然后在冬季到来之前默默凋零，蛰伏着等待下一个夏天的到来，周而复始，生生不息。

朱顶雀的隐秘鸟巢

上的午夜红日，欣赏天空中变化莫测的美丽景象。我的一个德国朋友决定要每天都拍一张午夜日光，作为德国人，她理所当然地坚持了下来。而我则喜欢在午夜跑到考察站后的小坡上静静地远眺天际，看着河水如同镜面一般反射着天空绚烂的色彩，真是美不胜收。

每周会有一个休息日，通常在这天我们会睡个懒觉，醒来后吃个早饭就开始做些和工作不太相关却又很有必要的琐事，比如劈柴、打水这些最基本的生存活动，很有些面朝大海春暖花开的意思。除此之外，休息日还有一个重要的活动——爬孤山。孤山是位于考察站10公里之外的一座小山丘，如果把这座大概就四五十米高的小丘搬到其他任何地方，也就是一个很不起眼的地表突起，可是在这无比平坦的苔原带，它就成了方圆数十平方公里范围内的唯一制高点，就好像是电影《霍比特人》中的孤山，从很远很远的地方就能眺望到它。

这个小山不是由岩石形成的，在它表面覆盖的植被和土壤下，是一个巨大的堆积冰块。由于各种地质过程的作用，巨大的冰块从地表隆起，形成了名为pingo的地形。攀登小山本身对体能没有挑战，也不需要任何技术含量，然而要想到达那里则需要漫长的跋涉。苔原带也许是除了寒带沼泽之外，我所遇到的最难走的地形——覆盖着草类植物的地表看似毫无起伏，实则崎岖不平；加之苔藓吸水后黏鞋，穿着笨重橡胶套鞋的我们每走一步都需要花上比平时多几倍的力气。10公里的路程，通常要一个上午才能轻装走完。有时运气好，沿路还能发现驯鹿的头骨和其他一些动物的骨骸。我们一般在中午时分登上孤山，从山上能够清晰地看到我们的

我们最可爱的萨哈族厨师列娜和考察站最小的队员——列娜的宝贝儿子伊利亚

营地和袅袅炊烟，同时也能看到山丘后面一望无际的平原，甚至还能望见两个遥远的巨大湖泊在阳光下波光粼粼的样子，颇有“东临碣石以观沧海”的感觉。一种一切尽收眼底的错觉，让人以为仿佛站在世界屋脊之上。

极地的动物也十分中意这座孤山，一对矛隼夫妇每年都会在山顶筑巢，因为这里有着追踪猎物的绝佳视角；北极狐则在山坡的一个土洞中安家；棕熊也会在山脚下安心冬眠。我们的到来，骚扰了矛隼和北极狐的宁静生活，所以在迅速享用了自带午餐之后，愚蠢的人类会踏上艰难的路程返回。

返程途中，我们会遇到一个巨大的围栏。这是当地保护部门重新引进麝牛时所设置的放生地。在广袤的苔原带上，能够遇见麝牛、驯鹿、狼或者驼鹿的机会少之又少，拥有超强警惕心的动物们会选择避开人类聚集区，因为人类的猎枪是他们最可怕的敌人。不过我们很幸运地偶遇过两次麝牛。麝牛奔跑时庞大健硕的身躯会随之耸动，令人印象深刻。有着职业习惯的我们，还会对一些当地的植物进行采集和辨别，在看上去非常单一的表层植被覆盖下，植物种类其实多达300种以上，而夏天是唯一能辨别和采集它们的时候。每年初夏时节，这些植物都会抓紧每一秒的时间努力生叶、开花、结果，然后在冬季到来之前默默凋零，蛰伏着等待下一个夏天的到来，周而复始，生生不息。

放逐在白夜

在西伯利亚极地，唱主角的从来都不是我们这些考察站的外来户，而是那些很少被大家记录下来的当地居民。其实，我们并不能笼统地把当地居民归成一类，在西伯利亚讨生活的除了那些以渔猎和游牧为生的鄂温克人和萨哈人，还有不少因为各种各样的原因来到这里的人们，其中包括囚犯的后代、戍边军人的子嗣以及数百年前因宗教迫害而逃亡的难民，更多的则是苏联时期因为工作原因被调动到这里的人们。

如今，越来越多的人选择离开这片极寒苦地，但总有一些人会选择留在这里，守护着文明的寒冷边疆。我们的厨师列娜就是其中之一。30岁出头的她是个单身母亲，有一个可爱的儿子。她的本职工作是镇里供暖厂的工人，但每年夏天她都会来考察站做饭赚取外快。虽然只需要给我们七八个人做很简单的一日三餐，可我总觉得她是这里最辛苦的人，因为她不仅要照顾好调皮的儿子，还要忍受漫长的孤独煎熬。她之前的几个厨师都因为耐不住寂寞，干不了三两天就放弃了。曾经见过一个来我们这里帮厨的中年妇女，每天晚饭后都会独自登上考察站后面的小坡，在上面迎着呼呼的冷风眺望燧石镇，头发在风中凌乱地舞动，显得格外孤独和凄凉。

凌晨依然在工作的科研工作者们，他们刚刚修好了考察站的唯一一台发电机

多数时候考察站里没有精通俄语的队员，列娜唯一的乐趣就是在空闲时抱着一台简陋的收音机，聆听外面世界传来的声音。因为地处偏远，电台的短波信号到这里已是气若游丝，有时收音机中的噪音几乎可以掩盖广播中的音乐旋律，可她依然乐此不疲。偶尔她也会在蚊虫较少的午夜去荒野中寻找蘑菇和野果给大家打打牙祭。有一次，她误入了长尾贼鸥一家在苔原上的领地，两只警觉的贼鸥迅速升空，一起追击这个毫不知情的入侵者。列娜一边尖叫着在橙色的天地之间奔跑，一边竟然还拿着手机录下了自己躲避贼鸥追逐的狼狈模样。回到考察站后，没等缓过气来就跑到我们的屋子里，一面兴奋地比划着刚才的遭遇，一面给我们看她拍下的视频。虽然彼此语言不通，但屋子里依然充满了欢声笑语。

不仅是列娜，很多帮助过我们的当地人都有一股超出常人的坚韧和乐观，这种品质深深感染着我们这些短暂迁徙到此的外来者。直到现在，我依然会不时地想起闪亮着大金牙的船夫伊万、严肃却热忱的保护区管理员塞尔盖伊利奇、不苟言笑而忠于职守的鄂温克驾驶员瓦里埃拉，当然还有总是醉醺醺的俄罗斯大胡子船长。他们守护的不仅仅是交织着漫长黑夜和无尽极昼的世界尽头，更是他们狂野而美丽的家园。

四个夏天的考察转瞬即逝，当初的单调漫长如今已凝结为记忆中无数个闪光的片段。我也许再也不会回到那片世界尽头，难见那些被放逐在白夜中的可爱人们，但身不在彼处的人仍怀着放不下的心。

午夜两点的阳光中，考察站的木板路仿佛延伸到一个神奇的未知世界

欢迎来到熊首都

加拿大·丘吉尔镇 // Churchill:59°N

田婷婷 / text
陈 嘉 / photo

田婷婷

13个月的美洲之旅随笔集结成书《带你出发，陪我回家》。

离开熟悉的区域活动，其实是很多动物的常态，而只有人类矫情地称其为“旅行”。也许旅行的意义不在于看到什么、听到什么、想到什么，而是突然有一天你发现自己原来是一只鸟，并非带线的风筝。

带着一颗说走就走的心，我和陈先生踏上了一趟归期未定的旅程。在隔海相望的美洲大陆，我们拥抱了铺天盖地的自由。在阿拉斯加与棕熊母子对峙，在纪念碑谷聆听深沉飘渺的风语，在大峡谷前灵魂出窍随性撒野，在波浪谷中执著寻宝……

终于，我们来到了北美的最后一站——加拿大。奔赴位于这个国家北部边陲的丘吉尔镇，拜见这里的王——北极熊。

此时的马尼托巴已是深秋时节，无尽的枫林间点缀着数不清的蓝色湖泊

一路向北

到达马尼托巴省的时候，已是十月。在秋景悦人的赖丁山国家公园里，我和陈先生正经八百地欢度了一下结婚两周年纪念日，托中国超市的福，我俩就着异乡的秋风瑟雨酣畅淋漓地吃了顿涮羊肉。

酒足饭饱之余，我目露贪光地问："礼物呢？"

"在荒郊野岭把涮羊肉都吃上了还要什么？"

"肉吃了就没了，我要那种能记一辈子的。"

"greedy piggy……明天出发，取礼物去！"

陈先生琢磨了一下，还真就变出一份让我俩终身难忘的礼物——一份有关北极熊的美好记忆。

位于哈德逊湾旁的小镇丘吉尔是我们的目的地。每当冬季来临之前，周边陆地上的北极熊就会到镇子附近聚集，等待哈德逊湾结上厚厚的冰壳。之后，它们便从这里踏冰而行，前往北冰洋捕食过冬，直到春天冰化之前，再按原路返回到陆地上，谈情说爱，结婚生子。因此，北边的丘吉尔是探访北极熊的一个好去处。不过，由于小镇不通公路，去那里注定要有几分周折。我们必须先开车向北到公路的尽头——汤普森，从那里再换乘火车继续向北到铁路的尽头，就是了。

网上订的火车票是在马州首府温尼伯的火车站取到的。取票的那天，不知道是淡季的缘故，还是加拿大铁路客运业不景气，偌大的火车站大厅里竟只有稀稀落落几个人在来往办事。

"你们好呀，需要帮助么？"见我们进门，一位亲切如肯德基上校的车站工作人员热情招呼。

"我们来取车票。"

"取票往前走，然后左转。"老大爷边说边打着手势，"能问一下你们去哪里么？"

"丘吉尔。"

"哦，就是去参加北极熊的婚礼喽？哈哈……"老大爷爽朗地笑了起来。

"噢耶！我们去的真是时候！"听到他如此评价，我窃喜着和陈先生嘀咕。

没等我得意太久，这位穿制服的老人家突然语音低了几个八度，凑过来神秘地说：

"去丘吉尔可要注意，晚上出门的时候手里千万不能拿着吃的。我有一个朋友，去年到丘吉尔玩儿，晚上喝了点儿酒拿着汉堡走在街上，结果汉堡的味道引来了北极熊，他就这样被那个大家伙吃掉了……这真是非常恐怖的一件事情，太惨了……"不知是真是假，反正这个坏老头儿的坏故事让前一分钟还在亢奋的我立刻石化，心里那些憨态可掬的白色大毛球顿时变成穷凶极恶的雪色幽灵。

取了票，带着复杂的心情开车上路。此时的马尼托巴已是深秋时节，一望之下，无尽的枫林间点缀着数不清的蓝色湖泊。偶尔阴雨，铅色的浓云从远方压过来，霎时把眼前的秋色裹成一幅浓墨重彩的西洋油画。城市和人群早已被甩在遥远的南边。

就在路旁的草丛里，一双警惕的眼睛正盯着我们

在没有人烟的原野上，萧瑟和荒凉缓缓溢了出来，滴在人心，化成一丝冰冷的孤独，一路扯向远方，那是一片更加荒芜的世界。

往北继续行驶两天，在到达小镇汤普森之前，路边的景色已经不似出发前那般色彩斑斓，唯一一条通向北方的公路两旁荒无人烟，枯树衰草无尽地向四周蔓延，走上大半天都不见其他车辆擦肩而过。途中停车休息，陈先生放声大吼，远方竟也能荡起绵绵的回音。

我的注意力被不远处的异常吸引过去："快看！狗！"就在马路另一边的草丛里，有一双警惕的眼睛正闪着亮光凝视我们。

陈先生兴奋地拿起相机瞄了瞄："狗？呵呵！那！叫！北！极！狐！"

皮毛斑斓的尖耳朵精灵像个引导者一样边奔跑边回头看向我们，好奇的目光里带着天然的狡黠，仿佛要引导着眼前这两个愚蠢人类走向它的国度。就在失神恍惚的一瞬间，它忽然扭头跳过掩映在枯枝中的铁轨，消失在萧瑟重锁的旷野中，踪迹全无。

重新发动车，带着遗憾和惆怅，趁天色未暗，我们继续向北走到了马尼托巴公路的尽头——小镇汤普森。在斜风细雨的黄昏，终于坐上开往丘吉尔的火车。

只通火车的边缘世界

车上人不多，仅有的几个旅客也都是黄皮肤黑头发黑眼睛的因纽特人，看起来质朴随和。虽然他们说的话我们听不懂，但却没来由地感到踏实亲切。我和陈先生盖上厚外套，靠在一起扯着闲篇儿。车轮从枕木上滚过的节奏成了最好的催眠曲，摇摇晃晃，慢慢悠悠，把我们带进茫茫的雨夜和沉沉的梦乡。

再醒来时，抹掉车窗上的雾气，惊讶地发现窗外风景已经陌生得让人恍若置身异域。这就是所谓的极地苔原吧，不见了树林，视线变得更加开阔，眼前宏大而广阔的天地间只剩下矮矮的灌木有气无力地趴在斑驳的苔藓上喘息。猛烈的风雨将这一片濒死的氛围渲染得越发凄惨，寒意轻易割开了车皮，深深刺进我的眼，冰冷到心。

边缘世界带给人的全方位寒冷一直持续到进旅店。换掉湿漉漉的外套，喝上一杯热咖啡，靠在暖烘烘的房间里向外看着。迟钝的我直到这时才反应过来——眼前这片被烟雨笼罩着的灰色寂静小镇正是我们梦寐以求的终点。

“还不到中午，咱们出去走走，我想去看哈德逊湾。”陈先生提议。

镇里面只有几条冷清的街道，家家户户都安装着不只一道大门，看似铜墙铁壁坚不可摧。不用细想也知道，这样做是为了防止北极熊袭击。转弯穿过一个巨大的仓库，前面就是哈德逊湾了。这片水是北极的起点，连接着加北如织的河流湖泊，也连接着北冰洋和大西洋……眼前灰蓝色海水在细雨中拍着浪花，岸边竖着的警示牌提醒人们随时注意北极熊出没，这抹刺眼的黄色将空无一人的冰冷海滩罩上浓郁的危险气息。

雨越下越大，出于安全考虑，我们在草草探究过小镇情况后匆匆回到了旅店。被关在屋外的惊悚和冰冷这时才渐渐展开它的魅力，像是恐怖片的精彩片花般勾人遐想。这种偏远地界特有的迟钝的诱惑让我忍不住对第二天的“苔原寻熊”活动期待万分。

寻找“终结者”

第二天一早醒来，雨势已经褪去，但天空依旧阴沉。提前订好的旅行社按时接上我们，向镇外更加偏远的地方开去。颠簸了好一阵，镇子早已不见了踪影。

和我想象的不太一样，北极熊并没有成群结队地出现在眼前，更别说什么盛大的婚礼。除了我们这一车活物，眼前的世界一片死寂。这程昂贵的旅行开始让人觉得沮丧。

“难道我们来的不是时候？”

“不会呀，每年的9月底到11月初是看北极熊的最佳季节。现在它们肯定藏在哪里等着上冰呢。”

“你看这儿除了大水坑和半死不活的野草什么都没有。”

“婷婷同学，我觉得你缺乏寻找野生动物的基本耐心。要不你先睡会儿，见到熊我叫你。”

我望着窗外，失落地看着乱石枯草大水塘从眼前缓缓而过。那些苔藓像极了黄石公园里的地热池，顽强地覆盖着荒原，呈现出深浅不一的黄褐色，按陈先生的话来说，“它们真正诠释了‘好死不如赖活着’的伟大精神”。

大脚车轰隆隆地穿行在原野里，车里的游客们

北极熊是这片世界的唯一王者

拿着望远镜不懈地搜寻着目标。不知过了多久，左侧的人们骚动了起来："那是一只北极熊么？天哪，真的是啊！"

车还没停好，大家就纷纷涌到左侧。为了拍到更好的图片，陈先生拉着我顶着扑面的寒风冲出后门来到尾部的露天车斗里。远处的确是一只正在进食的北极熊。在深褐色植物的映衬下，熊的白色显得异常醒目。由于距离较远，它的体型看起来不算很大，此时的它正在埋头专心吃着什么。拿起望远镜仔细看，却见一张满脸是血的熊脸向我这边转了过来。

"太血腥了！它这是吃什么呢？"我着实被眼前这个嗜血魔王吓了一跳。

"好像是一只驯鹿，看见那只角了么？"

我换了个角度，果然看到了肢体残缺血肉模糊的驯鹿尸体。野生世界里的弱肉强食虽是最自然不过的事情，但这赤裸裸的餐尸现场却让人不寒而栗。冷风夹着冰雨阵阵飘来，不知道是不是心理作用，我似乎能闻到空气中的腥臭味儿。

北极熊是这片世界的唯一王者，这里的动物都是为它而生，也注定会因它而死。自然世界里，每个生命都有它与生俱来的职责，而北极熊在这里的角色，毫无疑问是终结者。

没有进一步打扰它就餐，待我们看够了，大脚车又重新发动，寻熊之旅继续进行。我和陈先生回到温暖的车厢里，从热水箱里打了杯咖啡，听着司

作为苔原上的流动旅馆，这辆样式特别的苔原营地车是人们与北极熊同眠共处的最佳选择

机和其他人的对话：

“除了驯鹿，北极熊在这里还有别的食物么？”

“哦，有很多啊，尤其是在冬季它们上冰之后。它们一般会捕食海豹、海象这些脂肪多的海洋生物。”

“那么夏天在陆地上它们怎么过？会吃人吧？”

“这里的北极熊夏天很少吃东西，那时候它们处于‘冬眠’状态，基本上属于禁食状态。”一直生活在丘吉尔的司机对北极熊的习性了如指掌，“不过如果在冬季来临的时候遇到饿着肚子闲逛的北极熊就不好玩儿了，它才不管你和其他动物有什么不同，在它眼中你就是一块冒着香气移动的肉。别看它的模样挺可爱，被它抓到可不是件好玩儿的事情，连自己孩子都能吃掉的动物，更不会对人发慈悲。”

“吃自己的孩子？哦，天哪！真让人难以置信。”

“现在哈德逊湾水面结冰的时间要比以往晚上好几个礼拜，饥肠辘辘的公熊等不及上冰捕猎，不得已只能靠吃幼崽果腹，这样的事件越来越多，确实是件让人痛心的事情。”

庞然大物的危机

接近中午的时候，一辆飘着加拿大国旗的超长苔原营地车出现在我们眼前。听司机介绍，这辆样式特别的车其实是苔原上的流动旅馆，住宿价格极其昂贵，是阔佬们不惜血本与北极熊同眠共处的第一选择。

闭上眼睛一想，在大雪纷飞的早晨，端着咖啡坐在房间里，外面一片银装素裹的荒原望不到边。就在这地面云端，漫步着同样刚睡醒的庞然大物，那一刻，在世界边缘上，只剩下你和北极熊，恣意分享着孤独的逍遥……

正当我意淫得不亦乐乎，车厢里又是一阵骚动。随着声音看去，一只体型庞大的北极熊正步履蹒跚地走进人们眼帘。眼前这只熊的个头比刚才见到的那只要大很多，黑漆漆的眼睛不耐烦地瞥向我们这一车大惊小怪的奇怪生物。这时，苔原营地车里有人走到了露天通道，北极熊像见到猎物一般扑了上去，直立起身体想要够到他。那人也是胆大，并没有躲闪，还企图站在护栏边进行“NO ZUO NO DIE”的挑逗。一掌，两掌，大熊恼怒地拍打着护栏，看得我们一车人胆战心惊。护栏上的人似乎也意识到了危险，迅速奔进车厢，紧锁上门。北极熊无功而返，扫兴地趴在一边小憩。

大脚车继续前进，我们又陆续遇见了三只睡在苔原上的北极熊。睡觉也许是打发无聊时间的最佳方式，也许是为了积攒足够的体力过冬，这三只熊极富耐心地等待着迁徙季节的到来。但也有格外心急的，看那只在哈德逊湾边不停踱步的北极熊，就

耐心等待迁徙季节到来的北极熊

明白了它此刻迫不及待重返冰面的焦躁心情。

“现在地球的气候让它们越来越不知所措了，生活在哈德逊湾的北极熊数量一直在减少。”提到这些大家伙的现状，司机向导的语气变得伤感起来，“现在水面结冰的时间延后，融化的时间又提前，无论对北极熊来说，还是对镇子里的人来说，都不是好消息。那些可怜的大白熊想回到自己的天地里生活，却找不到路。受饥饿的驱使，滞留下来的就会到镇子上游荡，有时会睡在商店门口，或者在你家屋外凄厉地嚎叫，听着让人心里难受。在镇子里，不听话的北极熊会被打麻醉，然后送到镇外的北极熊监狱去‘坐牢’，直到哈德逊湾结冰后再被放出来，这些可怜的家伙。”他显然已经把北极熊当成了自己淘气的邻居。“每当北极熊聚集的季节，生活在丘吉尔的人就都达成了一种默契，就是把车停好却不会锁车门，以防突然遇到熊没处逃。每天早上发动车之前，也要先在车的附近看一看有没有还在睡觉的北极熊，以免惊吓到它们，自己反而受到攻击。这种人熊共处的境况还是很危险的。”

作为这片天地的原住者，北极熊为了誓死捍卫自己的领地，不愿迁徙到高纬度地区。它们只能无措地接受着尴尬且痛苦的漫长温暖季节。这些庞然大物凶猛的外表下，又有着最可怜无助的悲惨身世。记得前一阵看新闻，随着气候变暖的加剧，北极浮冰日益变薄，即便可以继续北上的北极熊，也会因为无法在浮冰上休息，最终游得精疲力竭溺水而死。这样发展下去，北极熊的末日也就要来临了吧。想到这些，不由得悲从中来。

我又想起了前一天晚上和旅店里的女招待聊天时谈到的那些。彼时屋外刚响过空袭警报般的警笛长鸣，惊慌失措的我们跑到前台询问原因：难道有北极熊入侵？

“你们想多了，这是镇里的习俗，每晚十点都会响警报提醒在外玩耍的孩子们该回家了……”姑娘淡然一笑，接着说，“如果有北极熊出现，专门的巡视员会鸣枪警告的。”

接下来的整个夜里，我都提着心等待耳边响起枪声，虽然对这些北极熊来说，来到丘吉尔等同于进到了监狱，但这声枪响同时也能让我们得到些许欣慰：又一只北极熊还安全地活着。

✤

离开熊首都已将近4年，至今在网络上看到有关北极熊的照片和报道，都会兴奋异常，仿佛一下子又回到了那个萧瑟而生动的深秋。也许我们很难再次亲眼见到这些憨态可掬又野性机敏的北极熊，但我知道，它们曾出现在我的生命中，真真切切，无可取代。那份只属于我的独家记忆，让我无论身在何方，都感觉到与那座小镇、那片冰原、那群北极熊的命运息息相关。

贝加尔不冷

俄罗斯·贝加尔湖 // Байкал:53°N

左手 / text
千里 / photo

左 手

《我们始终牵手旅行》作者，左手后院和左手家的老板娘，游历近50个国家。环球旅行，结婚生子，创业工作，用心生活。

西伯利亚，一个寒冷的名字。

本着寒冷之时到达寒冷所在的初衷，2015年的新年旅行我选择了贝加尔湖。想象中，苏武牧羊的流放之地，应该有着凛冽、坚硬和不会屈服的特质，但它也不失优美，就像这样的歌声，文艺青年的至爱：

在我的怀里 在你的眼里 / 那里春风沉醉 那里绿草如茵 / 月光把爱恋 洒满了湖面 / 两个人的篝火 照亮整个夜晚 / 多少年以后 如云般游走

抱着这样那样的幻想，其实在忙碌生活中甚至来不及规划，我们就站在了伊尔库茨克的机场里。

狭小的候机楼里，围上来的司机边比划手势边说着完全听不懂的俄语。这股热情所带来的不安全感，和初次到达任何一个陌生之地一样，令人无所适从。不知道该听谁的，也不知道眼前的这些陌生人会把我带去哪里，幸好一位高挑美貌的俄罗斯姑娘懂些英文，帮忙翻译。她告诉我们，上午去奥利洪岛的那班车已经赶不上了，现在只能去车站找找黑车。

“今天是一年中的最后一天，一定要到达奥利洪岛，不然明天新年就不会有人载你们了。而打车的钱……估计得2000卢布。”她耸耸肩。虽然这个价格实在高得离谱，不过在这样的情况下也顾不得了，而且如今的我们已经不太会轻易被旅行中这样的小插曲破坏心情了。

天气晴好，半路上在路边的小咖啡馆吃上两个俄罗斯款牛肉包子，喝上一杯滚烫的、甜得发腻的速溶咖啡。即使白雪覆盖，也不觉得冷。

除了伊尔库茨克以外，我们唯一的一站就是贝加尔湖22个岛屿中最大的奥利洪岛。从机场到奥利洪岛，并非易事。若不是冬日到来，恐怕还不知道，这看起来不远的距离竟然有三种方式可以到达。

第一种是湖面尚未结冰，4个多小时的车程后，用船将车摆渡过河，然后再开一个多小时到达村庄。

第二种是当整个湖面都结冰时，直接从城市开车穿过厚厚的冰面到达目的地。

而我们却遇上了最不易的第三种，即湖面已经结冰，但并不牢固。船已经无法动弹，车也不能平安开过，只有依靠在冰面上滑行的气垫船才能通过。往返一趟需要40分钟的气垫船最多只能容纳十多个人，因此一船船等候的乘客，只能在冰面上自娱自乐地耐心等待，甚至等上几个小时也是家常便饭。而当气垫船在面前漂移而过时，你会一边惊讶于司机如此娴熟的驾驶技术，一边为能看到如此场景而惊喜不已。

全木质的建筑有着并不精致的尖顶

前苏联冠军的家

过河之后，去往胡日尔村的路仿佛通向荒凉的天际。没有想象中的林海雪原，也没有星星点点的乡野人家，映入眼中的只有漫山遍野的枯黄草地。道路仿佛没有尽头，而车子就在上下颠簸间往目的地飞驰而去。即便没有 GPS，司机也熟知村庄的方向。

胡日尔村是奥利洪岛上最大的村庄，同时也是人口最密集的村庄，约有 1500 位居民。村庄里最大的旅馆是 Nikita Home Stay，论坛上各种攻略无一不提到这家，给人一种订到就赚到的感觉。

一大片木结构的房子足以绕晕我这种没有方向感的人。粗犷中能感受到主人的文艺之心——全木质的建筑有着并不精致的尖顶；花园中会转头的麋鹿灯饰闪闪亮亮，还摆着很多可爱的木雕。

房间很简单，木质的地板和墙壁，用来隔绝室外寒冷的空气。房间里温暖如春，甚至有些壁炉一整晚烧着柴火，让人热得恨不得只穿短袖。旅馆中，餐厅、小剧场、桑拿间、乒乓室一应俱全。就算这样综合，主人也不愿改称为“hotel”，而是坚持用“home stay”，要的就是一份温馨。

三餐都在旅馆解决。实话说，并没有很美味的大餐，也无法点菜，餐厅的老太太做什么，我们就吃什么——通常以糙米和通心粉为主食，还有鸡肉、鱼肉。就像在大学食堂里那样，排队捧着碗在每一

车子就在上下颠簸间往目的地飞驰而去，
司机没有 GPS 也熟知村庄的方向

个锅子前停留一下。彪悍的俄罗斯老太太不喜欢别人给她拍照，不在镜头前的时候却又唱又跳非常可爱。

高冷的老太太以外，我们还见到了旅馆的主人——瘦瘦高高的 Nikita。不善言辞的老先生看起来像是一位退休教师，而不是曾经叱咤体坛的运动员。

“最后一次拿全国冠军，是 26 年前的事了。”事实上，他曾经是前苏联的乒乓球霸主。说起这个，Nikita 腼腆又骄傲地笑了。

阳光洒满房间的午后，我们坐在木质桌椅前，聊着他经营的这家旅馆以及他坚持到满头白发的梦想，暖暖的。

退役后，居住在伊尔库茨克的 Nikita 应朋友邀请来到奥利洪岛旅行。两周之后，他决定和家人来此定居。他喜欢这里，尽管改变自己的生活并不是一件容易的事。在这里，他找到了退役后的自我价值——教当地的孩子们打乒乓球。

有一天，一位曾来此借住的法国朋友对他说：“为什么不把这里做成一家旅馆呢？你能讲英文，这里会讲英文的人少之又少。而且，开旅馆能帮你更好地开展乒乓球教育。”

认真思考后，Nikita 接受了这个建议：更好地经营，是为了更好地做公益。事实上，这么多年来，Nikita 一直在践行他的想法。所以即便卢布贬值一夜之间成了全世界的话题，Nikita 也并没有相应提价。

他带着我们去参观他的乒乓球教室，墙上挂着的都是我们所熟知的中国乒乓球名将。Nikita 和 20 多个孩子每天在这里练习，他们每年还会去中国广州南村参加乒乓球友谊赛。这并非如日中天的事业，却是他默默追逐到满头白发的梦想。我没有太好的英文水平，他也没有，但是交谈中能感受到他为了梦想日复一日的坚持。在“梦想”一词已经泛滥的今日，仍有默默践行而不声张的人们在守护这个词的尊严尤其令人敬佩。在异国他乡看到熟悉的乒乓球台，来自乒乓球大国的我们不免跃跃欲试，想到能和前苏联冠军对战，小伙伴们都颇为兴奋。虽然最后都以惨败收场，也丝毫没有影响到兴致，一个个玩得热火朝天。

Nikita 还告诉我们，如果不介意听不懂俄语的话，晚上可以去看儿童剧。除了乒乓球，他还办了一个儿童合唱团，经常出去演出。他也会时不时把城里的艺术团请过来，在这里的小剧场里给镇上的孩子们表演。

这天的儿童剧讲的是一个关于森林里小动物的故事。布景、道具、化妆、表演都精彩到位，虽然我们非常遗憾地听不懂小朋友们在讲什么，不过我

腼腆又骄傲的昔日冠军

盛大的新年派对上，老人在演奏俄罗斯曲目

们都看懂了观众们脸上的满足和喜悦。

2014 年的最后一晚，欢度新年。盛大的派对上有游客、邻村的姑娘小伙，还有旅馆的工作人员和义工。隔壁一桌全是亚洲面孔，我们好奇是不是也是中国人，后来他们说“我们从越南来的”。这六七个 20 多岁的学生在伊尔库茨克留学，每逢假期就来这里做义工。一时间汉语、英语、越南语、俄语交织在一起，整个房间热闹异常。虽然搞不懂他们做的游戏，但并不妨碍大家一起喝酒跳舞。

零点跨年时，大家来到寒冷的室外，一起仰着脸看烟花绽放。滚烫的花朵，点燃了贝加尔的整个夜空。

那一刻的贝加尔一点都不冷。

“我给你组织飞机营救队！”

此次旅行匆忙，只在岛上停留 3 晚，在萨满岩拍摄日出日落是我们非常期待的体验。

Nikita 的旅馆离萨满岩非常近，出门走两分钟就能看到，不过要爬到靠近悬崖边的地方拍摄，还是需要费一番工夫。早晨岩石边风非常大，我们脸部没有做防护，寒风吹过的感觉就好像瞬间几十刀划过脸庞。

还记得刚抵达伊尔库茨克时，机长用不太听得懂的英文播报地面信息——零下 30 度。走下舷梯时，我还忍不住想，零下 30 度也没这么冷嘛。然而狂风中的清晨是另一回事。

海一样的贝加尔湖还未完全冰封，但结冰的湖

临时组成的团队出发了，简陋的四驱小面包车似乎没有到不了的地方

面已经开始形成规模，冰雪从岸边向湖中心延伸。面对一望无际的贝加尔湖，实在很难想象怎样的寒冷才能让这么大的湖面结上厚厚一层冰，那些还未来得及滴下的水也凝固成冰柱。早晨 8 点多，刚刚升起的朝阳没有任何温度，阳光慵懒地铺洒下来，映衬得云朵微微泛红，地面上和石头上留着前几日的残雪，在光照下瞬间亮丽起来。

而更期待的是坐拥贝加尔湖壮丽风光的北角 Cape Khoboy，位于岛的最北端。

我们一行 8 人租借了一辆面包车，组成临时团队向北角出发了。当地人的四驱小车看起来粗糙原始，但在林海雪原里灵活地爬上翻下，似乎没有到不了的地方。

北角到了。蜿蜒的悬崖底部，白色的碎冰堆积在岸边。天上云层厚厚的，偶尔露出几束阳光。千里迫不及待拿出他的航拍飞机，进行“上帝视角”式的拍摄。

突然低电量警报响起——航拍飞机的耗电量在低温下远远超过平时。而不知什么原因，手机显示航拍飞机每秒钟才移动 10 厘米，并且正在缓缓下降！而我们别无他法，只能绝望地看着它向悬崖底部坠落。

同行伙伴站在一边，有点不知道怎么安慰。后来有人建议爬下去找，被大雪覆盖着的悬崖反而比夏天时候容易攀爬。

千里看了我一眼说道：“那去试试看吧，如果不能向下了，就返回。飞机拿不回来不要紧，大家安全第一。”

果然下到几十米后，无法再向下了。在那搜寻了一阵子，一无所获，只好返回营地。虽然有损失，不过也不是第一次“炸机”，我们并没有那么沮丧。

回到旅馆后，倒是 Nikita 风风火火赶来说：“你们的事我已经听说了。那个飞机贵不贵？”

“也不算很贵吧，大概 1000 美元。”

“1000 美元还不贵啊！明天我帮你组织一个救援队，去把它捞回来！”

“救援队”——我的脑海里浮现出《拯救大兵瑞恩》的海报。

Nikita 平时腼腆，见到我们一般只会用“你好！”“吃好喝好！”两句简单的中文打招呼，然后就消失了。这天晚上，他却好像打了鸡血一样，逢人便说：“你看，那几个中国人，飞机掉在冰面上了。明天我们聚些人，过去帮他捞回来！”

这天晚上，他却好像打了鸡血一样，逢人便说：你看，那几个中国人，飞机掉在冰面上了。明天我们聚些人，过去帮他捞回来！

每隔三五分钟，Nikita 就会回到我们桌，提出关于救援计划的一些新想法，比如：“我们这有攀岩高手，可以爬下悬崖捞飞机。不过，你知道飞机在哪吗？”

或是：“如果飞机靠水更近一些，我们这有气垫船，你可以坐那个过去捞，不过租船的费用可能会贵一些。”

在一直迸发出想法的同时，他还不停地接打电话。

这个村子也许太安宁，很久没有发生过什么有趣的事了。掉飞机在这里一下成了顶天的大事。每个人看起来都那么兴奋，纷纷带着欢快的表情来安慰我们。而同伴们则跟千里开玩笑：“中国无人机迫降俄罗斯冰面，待会儿普京要来找你了，你要不要换件正装？”

晚饭过后，前台小哥 R 过来找我们确定第二天的行程：“明天我会和今天带你们去的司机一起过去捞飞机。我还通知了邻村的人，他们会过来帮忙。”

千里则更担心大家的安危：“你们的救援计划是什么？飞机捞不回来并不要紧，我不希望任何人因此遇到危险。也许等一两个月后，冰厚了再去捞更容易一些。”

“这个不行，一旦起风，飞机就不知道会被吹到哪里去。也有可能会被冰封起来，那样更麻烦。所以明天就得动身！”

“冰面是不是足够厚？人能不能踩上去？”

“没事，我们有经验，知道哪些冰可以踩、哪些冰不可以踩。我们会先用望远镜确认飞机在哪，再带着绳索爬下去，不会贸然行事。”

第二天，我们因为回程机票的原因不得不返回伊尔库茨克，没有办法参加“救援队”去打捞无人机。早饭时，“救援队”准备出发，R 还过来和我们告别。一位波兰游客也自告奋勇参与救援，于是 R 和司机带着那位游客一起拿上绳索等工具出发。

载着他们的小面包车绝尘而去，把我们的担忧利落地抛在了后面。

两个小时过去了，收到一条短信：Okay！

我们马上回复：你们找到飞机了？

过了两小时，又收到一条短信：We got it. Danger，but ok.:-)

我们忍不住欢呼起来。短短几个字背后不知会是怎样惊心动魄的故事。

恰巧第二天R要到城里赶火车，于是约好将无人机送来。

R到了之后只是简单地说："我们拿望远镜找到了它，然后爬下去把它捞了上来。"

飞机完好无损，连存储卡内的照片和视频都还在，我们看到了飞机最后降落时的场景。

为了不耽误R赶火车，大家只好匆匆道别。约定了邮件联系，因为我们想继续听他们的故事。

于是，贝加尔的旅行也用To be continued的方式留存在我们的记忆当中。

诸神游走的庭园

日本·北海道 // ほっかいどう :45°N

郭睿 / text
许阳 / photo

郭 睿

北海道穷游锦囊作者，盛京人氏，现居北京，广告人兼撰稿人。自幼年看过《狐狸的故事》后，便对北海道雪原中舞动的红色精灵魂牵梦绕。长大后在北海道留学七载有余，寻遍东瀛北方秘境，依然看不腻北国的傲雪与寒霜。相信这种始于童年的情结，会是伴随一生的至爱。

从爱努人的神话传说开始

在旭川，在富良野，在美瑛，我们为北海道田园牧歌的浪漫气息倾醉。无论是在七彩拼布的花海中流连，还是在风吹麦浪的丘陵间徜徉，眼前总是一幅诗意的画面，这构成了人们对于北海道最初的美好想象。北海道，一直以来带给世人的是清新而治愈的印象，但人们却忽视了它浪漫外表下真正的气息——从旭川的街道，或是从富良野和美瑛的田野向地平线眺望，总会看到气势雄浑的连绵群山。

除了夏季，这片群山一直白雪皑皑，它们构成了北海道腹地的轮廓和背景。如果向深处前行，告别富良野、美瑛那片属于花海和田野的温柔乡，你会看到北海道完全不同的另一个世界：梅花鹿和狐狸在山间穿行，落叶松、白桦林、鱼鳞云杉与冷杉林随着海拔的抬升悉数登场，属于《国家地理》、苹果移动设备及电脑桌面壁纸的“青池”出现在林间……这些风景属于由数十座连绵不绝的活火山组成的十胜火山群与大雪山火山群，合称为大雪山系。

大雪山，光是这名字听起来就颇有气势。它是北海道的脊梁，纵贯北海道的正中心。它群峰拱卫，主峰旭岳海拔2291米，是北海道最高峰，被誉为“北海道屋脊”。它也是北半球高纬地区活火山的生态样板——这里海拔2000米的地方，就可以看到本州海拔3000米才能看到的高山植物；栖息其间的野生动物也随着海拔的升高而变得不同，出没于高海拔地区的虾夷鼠兔，凭借既像鼠又似兔的可爱形象，成为北海道的官方吉祥物。

在北海道原住民爱努人的传说中，旭岳冬日里严寒冷峻，凡人难以企及，而到了夏日，看似纤弱却生性顽强的高山花卉开遍山野，加之山顶气候多变，时有落雷和云雾缭绕，如同天神击鼓，波谲云诡中若有神隐。于是，爱努人将旭岳称为“诸神游走的庭园”。

从大雪山东麓下来，一路向东经过十胜平原、钏路湿原，抵达北海道的东北角，那里有一处狭长的半岛，将鄂霍次克海与太平洋分割。半岛上，火山群连绵起伏、原生林密布，棕熊、梅花鹿、狐狸、紫貂遍布其间；海洋里，抹香鲸、海象与虎鲸游弋其中；海山之间，虎头海雕、白尾海雕和金雕在游荡。不禁感叹：这里是否就是《庄子》中提到的北冥呢？海山之间聚集的猛禽，难道就是北冥的鲲鹏吗？而鲲化为鹏的传说，或许就是先人对于海雕捕食鲑鱼场景的神话想象吧？

是的，这里就是知床半岛。它正处于千岛火山带之上，一连串的火山从半岛顶端的知床岬起，一直延伸到北海道腹地的大雪山系。以罗臼岳为首，半岛上连绵的火山群被称为知床连峰。知床半岛人烟稀少，却是全日本棕熊分布最密集的地区。2005年，它还因被认可为“海洋生态系与陆地生态系相互作用的典型案例”而被列为世界自然遗产。

大雪山旭岳的访客中心

大雪山十胜岳的青池

知床，发音Shiretoko，名字出自北海道原住民爱努人的爱努语发音，意为“大地的尽头”。游荡在知床半岛，无论乘船逐浪于海山之间，还是徒步在被活火山环抱的罗臼湖荒野中，真的有一种在世界尽头流浪的感觉。而围绕着知床的艺术作品，也大多有着放浪孤独的感伤，歌曲《知床旅情》便是代表。在电影《非诚勿扰》中，已经在日本定居的邬桑开车送别老友秦奋，口中喃喃唱着的便是这支歌，车停在路边，歌声已经哽咽，眼泪终于夺眶而出。

心旷神怡的知床自然徒步

在知床宇登吕的时候，我们听到一个有关棕熊的悲伤故事。因为驾车路过的人从车窗中投出香肠，一只后来因此被命名为“香肠”的棕熊在横穿公路时恰巧尝到了甜头，于是它把人、车与食物联想在了一起，开始频繁在公路沿线活动。保护区的工作人员希望它不要接近人类，还曾将其捕捉装到笼中运至深山。但令人意想不到的是，一天清晨，“香肠”出现在宇登吕一所小学的操场上，严重威胁到周边居民的安全。已经达到了不得不做决断的时刻，枪响了，工作人员杀死了“香肠”。

为了避免类似悲剧的发生，当地加强了禁止投饲动物的宣传。但如何处理野生动物和人的关系，尤其是如何弱化外来游人对野生动物的影响，仍是知床面临的长期课题。如今“香肠”的皮毛静静地躺在知床自然中心，它提醒着人们，一次无意识的野生动物接触行为，就可能导致一场悲剧的发生。

进入“知床五湖”前，所有游客都需要接受专门的培训

知床的自然体验是海陆并进的立体形态，海上可以乘船观鲸观熊，陆地上则以户外徒步的自然体验为主。其中宇登吕这边有较为成熟的景区，而开发力度较小的罗臼区域的自然风貌更为原始。

宇登吕一侧的“知床五湖”俨然成为知床半岛的地标，它是知床半岛山脊西北侧一系列林中湖沼的总称。每年前来探访的游客络绎不绝，但“知床五湖”仍然不懈地在生态保护与旅游开发之间寻找平衡。五湖的徒步路线被严格地分为两种：面向户外徒步散客的深度路线和面向旅游团的大众路线。

除了“一湖”之外，其余“二、三、四湖”都是限制团体游客入内的。“一湖”设置了装有电网的高架木栈道，防止野生动物入内，便于团体游客安全参观，站在一湖的高架木栈道上，半岛的脊梁——知床连峰全貌一览无余。而其他“四湖”的徒步路线均为地面小径，在进入前，我们被要求清扫鞋底，防止带入外来植物的种子；除了纯净水与不含糖的茶饮料外，一切饮料均禁止带入；同时，还要接受简短的培训，观看一部10分钟左右的短片，学习怎样避开棕熊及一旦遭遇时的安全对策。

我们到达的时候正是秋季，云被山峦拖慢了飘荡的脚步，时起时散，气象万千。山中由萨哈林冷杉、白桦、柞树、枫树、花楸等多种北方树木组成的原生林，在秋日云间的阳光透射下，呈现出五颜六色的动人姿态。此外，还有包括知床堇在内的很多濒危高山植物分布其间，运气好的话还会看到啄木鸟、野鸭、花栗鼠等小动物。万一发生棕熊目击事件，景区会立刻疏散游客，采取封闭措施。

除了“知床五湖”外，还有一条名字很迷人的徒步路线——“少女眼泪瀑布”。乘船前往知床岬时，可以从海上看到它的样子，两道水流从岩石中淌出，就像是少女的两行清泪。而“少女眼泪瀑布”的徒步路线则可以从地面走到断崖边，从上方俯瞰瀑布的样子。从知床自然中心出发，徒步穿过一片林地，直到一片蔚蓝的大海展现眼前，而瀑布就从不远处的断崖岩石缝隙中汩汩流向大海。海天一色的鄂霍次克海上，间或有一艘白色的渔船驶过，在蓝色画布上描出一条细长的白线，衬着断崖上的灯塔，令人心旷神怡。

相较于宇登吕的成熟完善，罗臼显得更加自然原始。“罗臼湖”徒步路线基本就是在山里开出的泥土路，只有后半程进入高山湿地区域时才修建了

在溪流中洄游的太平洋鲑鱼，在海洋中生活数年后，便会逆流而上，回到生身之地的河川，产卵后便气绝身亡

溪流化为瀑布，从峭壁奔流而下

简易的木栈道。前来罗臼湖徒步需要事先预约向导，换上专门提供的雨靴，并由向导指引才能进入徒步区域。在进山徒步前，向导给我们进行了简单培训，提醒我们行走时尽量直行，避免因绕路而踩踏到周围的植物。

头天晚上的一场大雨加大了徒步的难度，路面基本都是泥和水坑。每隔一段时间，要拍几下手喊几声，让潜伏在林中的棕熊主动远离人类。途中，我们在栈道上邂逅了晒太阳的狐狸，还看到了棕熊留下的足迹。向导对我们说，其实我们一直都行走在棕熊的活动范围里，保持人和熊的距离，对大家都是好事。

晚上，我们被带到罗臼郊外一处毛腿渔鸮的民间观测站。毛腿渔鸮是所有鸮形目（俗称猫头鹰）中体型最大、最稀有的一种，主要分布在北海道、库页岛、乌苏里兰以及中国的大小兴安岭和长白山地区。它们临溪而渔，被称为“深山的隐者”。北海道地区现存100多只毛腿渔鸮，其中数十只栖息在罗臼。车在距离观测站很远的地方就停了下来，工作人员提醒我们下车轻声关门，尽量不要发出声响。这个观测站由一位老奶奶坚持运营，她用个人的努力使之成为全球范围内唯一可以经常看到毛腿渔鸮踪迹的地方。我们的运气不错，一只在溪流边等待捕鱼时机的毛腿渔鸮幼鸟，就那样如礼物般出现在我们眼前。

在知床这几天，我逐渐意识到，来到这里旅行或生活的所有人，其实都是受到知床宝贵资源恩泽的客人，只有野生动植物才是这里真正的主人。正如当地人所说：我们人类是来打扰动植物生活、生长的，要抱着“添麻烦了”的心态来对待它们。

漫步北海道屋脊

离开知床半岛，我们来到旭川，雨夜入住大雪山主峰旭岳下的旭岳温泉。第二天清晨，我们早早醒来，见窗外有微光洒在林间，便迫不及待地奔向外面。可旭岳的峰顶并没有对我们露出真容，一大团厚厚的云层笼罩在它周围。当我们略感失望的时候，竟看到山间的晨雾缓缓弥漫开来，一道彩虹从天而降，而我们瞬间身临美丽幻境。

雨后的旭岳山间气象万千。少时，太阳从山的那一边升起，阳光艰难地射穿云层，雾气逐渐向地面飘散，森林醒来了。只是，旭岳峰顶的云团化成了乌云，依然将主峰层层包裹，而且正在向我们所处的方向聚拢，可见昨晚的雨并没有完全结束。晨雾虽散，但仅有的一点阳光时不时被乌云遮掩，天色也越发阴沉起来。我们乘缆车登顶的计划落空了，但这并没有影响我们的兴致。旭岳温泉周边有多条林中徒步路线，一路上除了会见到各种林间的高山植物，说不定还能觅得虾夷鼠兔和啄木鸟的踪影。想到这里，我们决定碰碰运气，要知道虾夷鼠兔可是北海道的官方吉祥物呀！

我们沿着国立公园开出的林中小径徒步，小径非常狭窄，几乎仅容一人通行。雨后地面泥泞湿滑，越往深处越难以行进，考虑到安全性，我们没能完成最长的见晴台路线。如果天气晴好，沿着这条路线走下去，就会走到一处名为见晴台的悬崖观景台，那里视野开阔，可以同时望见大雪山旭岳与远处十胜连峰的全貌。可能是阴雨天气的关系，鸟兽们都藏着不愿出来，一路上只听见零星鸟鸣，虽无缘邂逅鼠兔和啄木鸟，但是林中的高山植物已经让人目

在罗臼岳栈道上与我们不期而遇的小狐狸

不暇接，北国红豆、蓝莓等浆果都熟了，星星点点地散落在道路两边。

就这样，我们在阴雨中连续等待了两天。第三天清晨，窗外终于放晴。我们抑制不住内心的激动，就像急于查询成绩的考生一样，赶忙跑到酒店外面张望。此时此刻，在晴朗的秋日下，北海道屋脊——大雪山主峰旭岳，终于对我们露出了真容。连一些自驾来到这里的日本当地游客，都禁不住下车眺望这壮观景色。每一个见证这景色的人都雀跃得像孩子一般。

旭岳是日本最早可以看到红叶的地方，山顶以苔原、高山植物、偃松林为主，动物则栖息有狐狸、高山鼠兔、野兔、花栗鼠等。我们决定从旭岳温泉的“山麓站”乘坐缆车前往顶峰附近的“姿见站”，饱览旭岳风光。乘坐缆车时，窗外的风景直观地展示着大雪山植被垂直分布的特征——从缆车“山麓站”启程不久，下方为针阔叶混交林带，鱼鳞云杉、白桦、花楸是优势树种；而随着海拔攀升，岳桦和偃松逐渐成为优势树种。

旭岳峰顶有几条徒步路线，最基本的是姿见池路线。在夏秋两季可徒步前往姿见池（接近旭岳顶峰的一处火山湖）观景，一般 2 个小时内就可以完成。而另外几条路线中，攀登到旭岳最高点的登山路，和前往裾合平方向的旭岳穿越路线则需要专业的徒步登山装备。除了国立公园开辟出的徒步路线，严禁任意踩踏其他地面的行为。想想那些美丽却纤弱的高山植物，这样的保护当然理所应当。

站在旭岳峰顶，不远的地方是几处依然雄劲有

鄂霍次克海岸的钓鱼人

力的火山喷气口，蒸汽不断升腾，形成了小股云朵。向远方望去，包括十胜连峰在内的大雪山系群山巍峨环抱，2000 米以上的山体皆雪染峰顶，山下则是一片盎然的秋色，几座高山湖泊平整如镜，在晴朗的秋日下，映衬出雪山迷人的倒影。

两天的苦等，终于换来了诸神的眷顾，“诸神游走的庭园”以这样一种秋日冠雪的姿态迎接了我们，白、黄、红、绿、棕……色彩纷呈。在北方的大山步入雪季前，这最绚烂却也最短暂的一瞬，被我们真真切切地捕捉到。

✤

在北海道，人与自然和谐共生并不是一句空谈的口号，它植根于每一个生活在这里的人的内心。如果说大雪山旭岳是高山植物的花园，那么知床就是野生动物的天堂，在当地人的关怀与保护下，各种珍稀的动植物得以栖息与生长。像过去的爱努人那样，对自然存有敬畏之心；像如今的北海道人一样，抱着添麻烦的心态来对待自然。无论是古老的神话，还是如今的科学保护，处处皆是用心。

这样的北海道，是野生动物的乐土，是高山植物的花园，更是诸神留给凡间的高贵礼物。

比北极光更北

斯瓦尔巴德 // Svalbard:78°N

陈宇欣 / text & photo

陈宇欣

《荒野生存》译者,《我就是想停下来,看看这个世界》作者。热爱融入当地生活的旅行方式,相信每个人都是一本读不完的书。

斯瓦尔巴德，意为“寒冷的海岸”，这片靠近北极点的群岛，拥有人类最北的定居点——朗伊尔宾。这里并不是一个适合人类长期生活的地方，曾有人统计，本地居民的平均居住时间是5年。人们不断来到这里，而后离开，继续生活。这只是一个短暂停留的地方，但它让人觉得永恒。

清晨是最冷的时候，湿气透过账篷直入骨髓

露营，在极寒之地

到达朗伊尔宾的第一个夜晚是最难熬的。

出发前查到的资料说：9 月的朗伊尔宾，初雪光临，气温已经在零度左右徘徊。站在朗伊尔宾的机场小楼里，透过玻璃门窗向外望去，黑黝黝一片，不要说路灯，就连一点光亮的点都没有。这时候的机场小楼就像是一艘船，漂浮在无边无尽的暗夜里。

即使楼内有暖气供应，我的身体仍然能感觉到从四面八方渗进来的丝丝凉意。机场工作人员开始在广播里通知清场关门，我问清了露营地的方位，深吸一口气，推开门，一头扎进黑暗的夜。

雾，正浓。摸黑走出机场半分钟后，依稀看见几个帐篷营灯在远处招呼我。露营地离机场只有 5 分钟脚程，却要下一个大坡，我向着微弱的光亮深一脚浅一脚走去。露营地比我想象中小，只有 3 顶单人帐篷松散地排列开。我已经冻僵了，在帐篷间挑了一处地势略高的平地，摊开登山包，以最快的速度扎好营，脱下冲锋衣和外裤钻到睡袋里面。

半小时以后，我被冻醒，重新穿上冲锋衣和外裤。

半小时以后，再次被冻醒，套上羽绒服，并把备用羽绒服包裹在脚上保暖。

半小时，醒，前胸和后背分别贴上两个暖宝宝获取热量。

半小时，醒，加穿三双备用袜子。

半小时，醒，灌下半瓶二锅头。

……

清晨是最冷的时候，湿气透过帐篷的防水底布、防潮垫、睡袋、N层衣服直接渗入骨髓，把我冻在原地不敢动弹。就在我几乎处于半死状态的时候，旁边的帐篷有了动静，似乎有人起来收拾行李、准备做早饭。我赶快从睡袋里爬出来，随他们转移到了露营地唯一的一间小木屋，那里可以上厕所、做早餐。

这群捷克的背包客即将离开朗伊尔宾，去斯瓦尔巴德北方徒步。他们并不长于英语，所以也没有过多交谈。我烧了一杯热水，看他们慢慢打包好了所有的东西，告别。露营地又一次陷入死一般的沉寂。远方开始有一点亮光，雪山和北冰洋渐次露出光芒四射的样子，我开始出现幻听，只好强迫自己坐下来，拿起桌子上的一本书看。

这是斯瓦尔巴德的专家安德拉斯介绍斯皮茨卑尔根（Spitsbergen，斯瓦尔巴德的旧名）的一本书，书中写到：来斯瓦尔巴德的自助旅行者需明白，这里不是游乐场或动物园，而是条件最艰苦、最危险的地方之一；旅行者需要确保随身携带的装备质量顶尖，足以应付极地气候的考验，并且，还要确保自己能够极其熟练地使用这些装备。

我完全不符合条件。首先，为了省钱，我的装备能简就简——帐篷买的是最便宜的夏季帐，没有登山鞋，睡袋的拉链是坏的，保暖衣物是借的，大小都不合身。其次，我有过不少在海边、山区、高原扎营的经验，但是还从来没有在极寒之地扎过营。

帮我修好睡袋并救我于水火的约尔翰

要不是凭着一股蛮劲，我不会莫名其妙空降到朗伊尔宾。以目前的状况，最明智的选择也许是尽快离开朗伊尔宾。

就在我灰心丧气时，米雪儿和约尔翰来到了小木屋。

米雪儿是位酷爱旅行的荷兰姑娘，也是这座露营地的所有者。自从4年前买下小木屋，每年夏天她都会回来经营露营地，赚钱维持这里的基本设施，并兼职户外旅行领队以补贴生活用度。

约尔翰是德国的自由记者和摄影师。今年夏天，他用皮划艇环游斯瓦尔巴德群岛（可惜由于天气原因失败了），并在斯瓦尔巴德群岛的各个角落露营了4个月。现在，他留在露营地一边写稿一边整理照片，准备在斯瓦尔巴德入冬前回德国。

无疑，这两个人都是真正强悍的极地生存高手。我像饿狼一样扑了上去，请他们帮我出招。

和约尔翰爬上朗伊尔宾城边的小山坡，他脚下就是小城的全部

告示牌：北极熊出没，请小心。这里是朗伊尔宾城的城界，凡越过这个标志的人，依据当地法律规定，必须配枪

看到我的装备后，约尔翰和米雪儿几乎崩溃。米雪儿给我配备了美国军用睡袋和登山鞋。约尔翰帮我修好了崩掉的睡袋拉链，并给我的帐篷钉上地钉，防止它被风吹走，总算把我的小窝变成了一个“看起来可以住的地方”。这两个人同时对我能熬过第一晚表示不可思议。他们是对的，第一个夜晚的寒冷已经触及了我意志力的底线，不可能也不允许再有第二个类似的夜晚了。

除了勇气，一无所有，还好朗伊尔宾露营地给了我勇气之外的东西——运气。

神父也疯狂

解决了生存难题，心里踏实了许多。中午，懒洋洋地从睡袋里爬出来，去公共厨房煮饭。米雪儿穿戴整齐，准备出门去城里逛一圈。临走，她不忘神秘地对我和约尔翰说：“傍晚7点务必去教堂，有好吃又免费的华夫饼哦！”华夫饼！受够了方便食品的我和约尔翰眼睛都绿了，同时抬起头，春米一样点着，就这么愉快地决定了！

下午，和约尔翰相约扛上莱福枪去城边的小山徒步，面对着连绵不绝的雪山，我们两个饿鬼心无旁骛，记挂的只是稍后那顿香喷喷的华夫饼。7点不到，天还昼亮，我们就从山顶飞奔去教堂。进去发现要先做礼拜才有东西吃。先精神食粮，再物质食粮——高级！我们各取了一份圣歌书，偷偷摸摸坐下。

朗伊尔宾人口不足2000人，这次来做礼拜的一共只有8个人。齐唱圣歌的时候，音量略显单薄，而且我还听见约尔翰的肚子在歌声中不和谐地乱叫。他无辜地看着神父，神父也无奈地心领神会，以最快的速度结束了仪式，放我们去饕餮。看大家抢食物的热情和瞬间拔高的音量，我猜搞不好所有人都是冲着物质食粮来的。

取了华夫饼和咖啡，大家围坐在一起边吃边聊。神父其实是个帅气健谈的男人，但敌不过华夫饼，华夫饼的味道果然不同凡响！我和约尔翰吃得完全不顾形象，神父则淡定地给我们送来更多刚出炉的华夫饼。不知不觉天色渐暗，聊天的人渐渐少了，只剩下神父、约尔翰和我。神父好心把剩下的所有华夫饼打包请我们带走，并坚持开车送我们回露营地。我和约尔翰吃得太饱歪在车上动弹不得，此前一向冷静的神父却high了起来，喃喃自语："我跟你们聊得真开心呀，看你们吃东西吃得真开心呀，不如出城兜一圈吧！"话毕，还没等我们回答，神父就把车开出了唯一的车道，朝城外荒原驶去。

斯瓦尔巴德群岛上有3000多只北极熊，熊的威胁是岛民们永恒的话题。通常，朗伊尔宾不允许任何人在未携带武器的情况下出城。如果我想要出城放风，要么带枪，要么跟着带枪的人，要么坐车，显然，每个选择都不方便。我曾经不停搭讪有枪的自助旅行者，希望他们能够捎上我，但都未果，如今从天而降一个出城玩儿的机会，我自然乐翻了天，但是神父比我还开心，一张婆婆嘴从始至终没停过。

他叫托莱，4年前来到朗伊尔宾。之前，他在奥斯陆的一间教堂工作，机缘巧合认识了一个在朗伊尔宾工作的朋友，被忽悠提交了工作申请，居然被录用。于是，在完全不了解的情况下，托莱屁颠屁颠地来到了这里。

在朗伊尔宾，命运比别处更顽皮。

比北极光更北

自high神父讲过一句很正经的话——"夜晚是人最空虚寂寞的时候，需要有个随时能够排解忧愁的地方。"

于是，斯瓦尔巴德教堂提供24小时自助服务。无论工作时间，还是非工作时间，任何人都可以自由进入教堂的礼拜堂和公共活动室祈祷、读书或聊天。

这对斯瓦尔巴德可能更为重要。芬兰每年都有人因为极夜而抑郁症发作甚至自杀，更不用提地理位置更北、极夜时间长达5个月的朗伊尔宾城了。

说者有意，听者也有心，我打算夜晚造访教堂。正如神父所说，门没有锁，公共活动室里，桌上摆着热水保温瓶、热咖啡保温瓶，各样茶包任君自取，书架上有不少英语和挪威语的书籍杂志，另外还有

夜晚降临前的最后一抹夕阳

一个展架，陈列有一应明信片和纪念品待售，零钱全部摆在桌上的一个盒子里，自己取用了什么，根据价签自行付钱找零即可。教堂里有不少价值连城的古董，也都原样陈列着。没有摄像头，没有看守，一切简简单单，回归最原始的无条件信任。

教堂一夜，读读书、写写字、困困觉、喝喝咖啡，偶尔会有一两个同好半夜造访，很容易就聊起天来，或者各自蹲在舒服的角落里互不打扰。我想神父的愿景实现了——世界上真有这么个地方，全天候无条件为你开放，为你的身体和心灵提供温暖休憩的空间，如果它就在你的城市，你会不会心动？

交谈者中，印象比较深刻的是两位老人，她们的父亲曾是朗伊尔宾的镇长，一手把荒芜的朗伊尔宾从矿工大宿舍变成了今天麻雀虽小、五脏俱全且富有生活气息的小镇。这座世界上最北的教堂，就是由她们的父亲主持建造的。她们曾住在教堂顶楼，在这里度过了童年时光。现在，她们从挪威大陆回到这里，把父亲留下的书和手记等宝贵遗产一点点电子化。这是关于这座教堂的又一个温暖故事。

原以为在朗伊尔宾能有机会看到最丰富的极光，行前特意借了三脚架。在教堂外支好三脚架，从天黑直到天亮，不要说北极光，就连半颗流星都没有看见。

第二天，神父告诉已经冻成冰棍的我：“傻姑娘，别等了，这里比北极光还北，如果要看北极光，你

在北极裸泳真是一件又酷又疯狂的事情

要往南走。”

“……”

“这一宿等得可辛苦？”

“不辛苦，虽然没有梦中的北极光，但背靠着教堂，眼看着世界上最北的小镇沉睡又苏醒，感觉很幸福。”

裸泳在北冰洋

从教堂守夜回到露营地，已经是中午。爬进帐篷里死睡，醒来时天居然还是亮的。拉开帐篷门，炫目的日光从云层中洒下来，让人一阵眩晕。

这么好的天气，不如，去游泳吧！

早在几个月前，当我在网上查询朗伊尔宾露营地资料的时候，就被它的“北极裸泳俱乐部”吸引。2008年，朗伊尔宾露营地开始给在露营地裸泳的旅行者签发裸泳证书，吸引了一众冬泳发烧友前来娱乐。这究竟是谁的好主意？我没来得及考证。但是在北极游泳听起来真是一件很酷的事情，就连习惯冬泳的芬兰人听到这个俱乐部都连连摇头说：“疯了，疯了！”

加入这个俱乐部可不是一件容易的事：首先，你必须在露营地工作人员的见证下，光着身子冲到零度左右的北冰洋里；其次，光冲下去还不够，你得真的在水里游一会儿，并至少全身潜入海水里一次。

9月初，露营地已经因为太冷而准备关闭，工作人员只有老板米雪儿。我裹上大衣去公共小木屋找她，听说我想游泳，她立即雀跃地抄起枪、拿上温度计和相机就把我往外拽。这是个唯恐天下不乱的姑娘，经营朗伊尔宾露营地这么多年，早就希望在她的游泳俱乐部里添上一个中国人的名字，所以从我第一天进驻露营地起就不停地游说我游泳。我衣衫不整地走在扛着大枪的她前头，光天化日，寒风萧瑟，好像要奔赴刑场一样。

从小木屋去海边的路程并不远，路上遇见一队马和一队拉着雪橇的汪星人，它们对我们投来好奇的目光。往日宁静得让人幻听的地方，此刻竟莫名地闹腾。我慢慢脱下衣服，瞬时天地寂静。

我是跑进海里去的，因为我知道，只要稍有延迟，就一定不会有勇气重来。冲进北冰洋的时候，因为紧张我重重呛了一下，我强压下恐惧，沉着调整呼吸。不多久，身体开始由内而外散发强烈的热量，这种能量的汇集来得如此之快，完全超出了我的想象，有了身体的回应，再游泳就轻松多了。于是，欢快地在水里扑腾一阵，晃了一小圈，直到双脚冷得要脱落才回到岸上。

短暂而永恒的斯瓦尔巴德

朗伊尔宾城的简单和纯粹是骨子里的。这里只有一条街，一个幼儿园，一家超市，一间图书馆，一座教堂，三处勉强称得上酒吧的酒吧，若干居民房和若干旅店。

日子一天天急速流走，让人忘记了身处的年代、季节和日期，仿佛就出生在这里，从未离开。直到一天，我合上一本漫画书，意识到：明天，就是离开斯瓦尔巴德的日子了。

临走前晚，照例去酒吧聊天，遇到托莱神父、约尔翰，还有纪念品商店的老板娘、图书馆管理员、超市收款台的小妹、机场巴士司机、即将飞回老窝的一众户外领队……为什么我认识的人今晚全都奇迹般地聚集在酒吧里呢？不对，这不是巧合。这间屋子里的绝大多数人，早已和我相熟。无论我们各自出于什么原因来到斯瓦尔巴德，此时此刻，我们都是对方生命里无法抹掉的一部分。

一直到登机，我的内心都没有泛起任何离愁别绪，总觉得自己只是暂时离开，马上就会回来，再同他们一起聊天、吃华夫饼。其实，我也明白，即便只是一年后重访，朗伊尔宾的居民也有可能已经换了一半。这里不是一个适合人类长期生活的地方，但它让人觉得永恒。

快要到达特罗姆瑟的时候，一个挪威女人从飞机的另外一头走过来，递给我一张写有她邮箱和地址的纸条："宇欣，很高兴认识你。记得在这个地址，有一个家，永远为你保留。"

世界上最北的幼儿园

冰与火之歌

冰岛 // Ísland:66°N

崔晶晶 / text
文 静 / photo

崔晶晶

旅行和纪录片深度爱好者，2014年创办“旅读”俱乐部，倡导“旅和读互为起点、互为终点”的格物致知式的旅行。从跟随别人，到独自背包，再到策划、组织“世界边界”系列行走，旅行已经不仅仅是爱好和工作，更是自我培养的一种途径。

2015年6月12日11:30，飞机进入平流层。打开机上屏幕，我选择了一部老电影《海滩》，讲一位爱冒险的美国青年偶然获得一张秘密地图，于是跟一对法国情侣一起按图索骥，寻找上面标注的一个隐藏在海外小岛中央的天堂海滩。电影跟这次旅行有些呼应，我们的目的地也是一座岛，而目的也是去探寻深藏在那座岛中央的秘境之美。

冰岛，北纬66度，北极圈边缘，美洲和亚欧大陆板块的分界线之上，注定拥有地球上最独特的地理颜值——地下滚动着炙热的熔岩，地上耸起高高低低的熔岩堆和火山锥；有些火山已经宁静地长眠，长久到千年冰川白了头；有些火山则像个叛逆青年，说不准什么时候爆发；冰川积雪的融水沿着地表的沟壑汇聚成数不清的河流，奔泻成千姿百态的瀑布；渗入地下的冰川水遇到热力，从地裂中蒸腾出来，遍地冒着白气；倔强的苔藓蔓过玄武岩地表，将这里90%不适宜耕种的地表包裹起来，许是上帝也觉得玄武岩的地表太过高冷坚硬，要来些绿色的软装调和一下。

阴天，山上的教堂显得孤单而又坚定

跟绝大多数游客一样，第一次的冰岛之行只是我北欧旅行的一部分，而且只是对着地图一时兴起、信手拈来的那一部分。短短五天行程，我沿着1号公路高效捕获了明信片上那些最嚣张跋扈的景观，金圈（Golden Circle）、塞里雅兰瀑布（Seljalandsfoss）、杰古沙龙冰河湖（Jokulsarlon Glacial Lagoon）、瓦特那冰川（Vatnajökull）……冰岛95%的人口都生活在1号公路沿线的城镇中，普通游客能便捷到达并见识到的，自然也就是这条主干道周边的景观。

而在我的意念中，总觉得这不是打开冰岛的正确方式。一个拥有千年冰盖和最年轻陆地的魔幻岛屿，怎么会把所有魅力都线性分布在一条唾手可得的路线上？必定还有它隐藏起来的，非不惧艰险、执著探索而不可得的意外赏赐。

2015年，我再次来到了这个令我念念不忘的地方。

追逐午夜时分的太阳

6月12日当地时间下午5点，我们一行四人到达雷克雅未克，同行三人都是摄影师，7台相机，3台gopro，若干iphone，若干镜头，若干脚架、滑轨、云台，房东索拉（Solla）和贡纳（Gunnar）小惊了一下，索拉说很多中国客人会带专业的相机，但是头一次看见这么隆重的场面。索拉是一名本地的杂志编辑，先生贡纳则是冰岛小有名气的电子爵士乐作曲人，同时还是冰岛大学的音乐史教授。我对她们的记忆特别亲切，因为这是我唯一能拼得出、念得准的冰岛名字。

辛格韦德利（Þingvellir）裂谷是欧亚和美洲板块的分界线，清澈的湖水水下能见度有100米，两边是水下峭壁，左牵北美，右擎欧亚 photo by 达彦

13日一早，告别热情博学的贡纳一家，我们正式开始行摄之旅。3位摄影师都是第一次来冰岛，所以地标还是要走一下，我们选择了西部的斯奈山（Snæfellsnes）半岛和著名的金圈。在儒勒·凡尔纳的科幻小说《地心游记》中，位于斯奈山半岛的斯奈费尔（Snæfellsjökull）冰盖火山被描述为通往地心的一个入口。而在此行的最后一天，我们真真切切地在斯瑞努卡基古（Thrihnukagigur）火山体验了一把地心之旅——从火山口进入到地下120米深处的岩室。在距今500年左右的上一次喷发中，热情的岩浆不知为何在这里冷却下来，形成了一个空室，岩浆凝结在岩壁上呈现特有的红黄颜色，仿佛还在燃烧。

我们的房东夫妇——索拉和贡纳

耳熟能详的“金圈”是由辛格韦德利国家公园（Þingvellir National Park）、间歇泉（Geysir）和黄金瀑布（Gulfoss）3个景观组成，而我们则选择避开游人去辛格韦德利裂谷潜水。这条裂谷是欧亚和美洲板块的分界线，不远处冰川融湖的湖水倒灌进来，形成两三公里长的水下裂谷。湖水清澈，潜入其中，水下能见度将近100米，两边是峭壁，左牵北美，右擎欧亚，颇有乐趣。

由于这次来冰岛的时间正是极昼期，最适宜拍摄的时间是晚上8点到凌晨3点，身为追光强迫症患者的摄影师们每天“彻夜”奋战。冰岛的云层变幻莫测，经常会出现匪夷所思的云图和光影，给摄影师做司机要随时听候停车、转向的指令。甚至我会有些担忧他们的旅行品质，用镜头替代双眼，到底能不能摄回感动；每看到一处别致些的景观，第

凌晨 2 点时的光线，身为追光强迫症患者的摄影师每天都“彻夜”奋战

一时间就举起长焦，如此饕餮到底能不能品出滋味。如果回到胶片时代，按下快门之前需要更多思考和节制，也许感受和表达这两种旅行的快感会更融合一些。好在回看照片时，担忧消解了不少，也许多年的旅行摄影经验，已经让镜头不再是工具，而真正成为他们机体的一部分，眼到，心到，手到。

疑无路和又一村

冰岛内陆高地就在眼前了，随着车辆驾驶模式从两驱变为四驱，我们的旅行进入了山穷水尽和柳暗花明的戏剧化阶段。虽然预先有高地之旅的完备计划，但却被意外的天气和路况更改得面目全非。现在回想起来，后来的旅行完全是按照上帝给的计划 B 在进行，而这个计划 B 也许比我们自己的计划 A 更惊艳。

就在出发去第一个高地目的地 Kérlingarfjöll 的前一天，我们万分遗憾地得知，因为上一个漫长而寒冷的冬天，通往那里的 F35 道路积雪尚未融化，没有开放。原本为其所做的准备全部被打乱，不死心的我们最终还是决定，至少开到封路的地方去看一看，到底是怎样一个场景，是否有可能在当地人的协助下进入，或者干脆徒步。我们的车驶入 F35，起先并没有看到禁行标志，而且道路状况还算不错，当然，是相对于这些天遇到的无数沙石、积雪路面。开进去大约 2 公里，传说中的封路果然被应验。

无奈只好离开前往下一个目的地，而就在途

The secret lagoon，人很少，百年间几乎没有什么变化

中我们有了第一个意外发现——Gamla Laugin。Gamla Laugin 是冰岛语“老池”的意思，如今它有一个英文名字——The secret lagoon（秘密泻湖）。这里是一处于1891年被发现的天然温泉泳池，也是冰岛最老的温泉泳池。相比著名的蓝湖，这里水质更加天然纯净，泉眼像一口沸腾的锅，100多年不间断地涌出新鲜的地下热水，经过一条冷却的河道流入池塘，正是最适宜的温度。这里人很少，只有小镇居民和附近一个房车营地的游客会来，周围除了一个小小的更衣室和一个废弃的不知用途的破房子，没有任何多余的建筑，看起来跟墙上百年前的照片没有太大区别。泡在水里远眺草地和雪山，之前郁闷的心情一扫而光。

到达哈尼亚尔高地中心酒店（Hrauneyjar Highland Center）的第一件事，就是跟酒店的工作人员打听我们之前计划的兰德曼纳劳卡（Landmannalaugar）的情况，果不其然，也没有开放。有了之前秘密温泉的意外惊喜，我们倒是随遇而安了一些，反正这个神奇的地方总有办法让你不虚此行。工作人员摊开一张区域地图，在上面画了一些圈，建议我们可以去这些有趣的地方。第二天10点，我们根据当地人的指点，开上了F347。

一段天路带领我们最先到达一片湖泊，湖水在阳光下透着深深浅浅的绿色。下车走向湖边，别有洞天。一大片雪盖正在融化，雪盖下面融出深深浅浅的洞穴，洞穴里竟然生长着绿色的植物。黑色的沙石、蓝绿的湖水、白色的雪盖、绿色的植物……一切看起来如世外仙境一般，尤其是大片大片的植物，像是提醒我们误入了精灵们的菜园。

离开冰湖，我们拐向兰德曼纳劳卡旁边的一条砂石路，寻找一处尚未命名过的瀑布，到达的时候除了我们，再没有别人，它短暂地成为了我们的私有景观。比起黄金瀑布壮观的水量和人流量，这座瀑布虽籍籍无名却带来更多感动。就像隐居在深山之中的恬淡高人一般，隐逸又安详。

还有一个名叫 Haifoss 的瀑布，是一位荷兰姑娘向我们热情推荐的。第二天一早，按照这位姑娘指引的路线，我们仿佛开进了一片远古混沌的景象之中。天气变得很“冰岛”——低矮的云层压顶，雾气浓得散不开。配着车上放着的《魔戒》原声音乐，场景开始魔幻起来。在石头路上，车子只能以20公里的时速慢慢前行，不知开了多久终于到达路的尽头，之后的路只能靠脚步来丈量了，我们下车沿着前人踩过的痕迹继续行走，瀑布的声音慢

黑色的沙石，蓝绿的湖水，白色的雪盖，绿色的植物，所有这一切看起来如世外仙境一般，尤其是大片大片的植物，像是提醒我们误入了精灵们的菜园

慢传来，而后模糊的雾气中隐约看见两道白色，那就是传说中的Haifoss！虽然我们对瀑布已经审美疲劳，但Haifoss是迄今为止我在冰岛见过的最美的瀑布，气势堪比黄金瀑布，秀美不输塞里雅兰瀑布（Seljalandsfoss）。如果说黄金瀑布是瀑布中的国王，塞里雅兰瀑布是公主的话，那么Haifoss则是当之无愧的女王！

离开“女王瀑布”，我们决心去寻找一个在谷歌地图上发现的绿色小点儿，那里有个小小的地名标识“Gjain”，推测应该有森林之类的景象。寻着导航沿路开去，越开越不像有路，周围一片外星景象，遍地嶙峋火山怪石，只有一条车辙坚定着我们继续行驶的信心。经过一个匪夷所思的铁门，又开了大概五六分钟，终于看到一个简易的小房子，前

Haifoss 是迄今为止我在冰岛见过的最美的瀑布

面就再没有了车辙。

疑惑地在这里停车后，我们试探着向前走去。走在最前面的友人突然惊叹了一声，我们循声跟上，眼前豁然开朗！就在山谷的下面，一个精灵仙境显现出来——在四周焦黑荒芜的熔岩区深处突然出现一个遍布河流、瀑布、小路和植物的世外桃源，无法不让人对它的来历生出奇幻的联想。从上面俯瞰，这里依瀑布、河流而"建"，小小的山丘将河流撕成细细的支流，羊肠小路和窄桥贯穿其中，河边长着各种翠绿的植物，跟山谷外灰绿的苔原完全不同，整个山谷就像是避世居民生活的桃花源。

然而环顾四周，没有一个人影、一座房子，只在岸边山崖上有些大大的山洞。我怀疑这里是精灵的家园，虽不见踪影，却暗中观察着我们。下到山谷里，阡陌小路平整完好，想象我就住在这个魔幻的小村庄，每天在这些小路间往来劳作，我甚至试着跟精灵说话，看看会不会真的有精灵出来跟我打招呼。

看得见和看不见的朋友

在冰岛高地旅行，最大的困难有两个：路况和食宿。这里很多路在国内可能都称不上是路，只是一些深深浅浅的车辙而已，唯一让你感觉有些文明干预的，就是在路况艰难之前往往有个告示牌，提醒你前方艰险，后果自负。食宿的问题更令人头疼，像样的旅馆、餐厅少而又少，想坐下来好好吃一顿饭往往要开出 100 公里。

一个地区的旅行服务水平往往是被旅行者塑造的，来高地旅行的以欧美年轻游客为主，他们对舒适条件的需求几乎是最低的，常常开个脏兮兮的吉姆尼（Jimny），后车窗用布一挡，或者帐篷一支，就在路边宿营，一副天当被、地为床的潇洒模样。

有一天，6 个小时没有吃饭的我们正眼冒金星饥肠辘辘地赶路，竟然在一条熔岩小路的入口处发现一个指示牌——咖啡馆！在这个人迹罕至的地方居然有个咖啡馆，想着可能存在的比萨和浓香咖啡，我们都兴奋不已。举目环顾，在很远很远的山脚下有一座小房子，孤零零地立在那里，守着天玄地黄，那是咖啡馆唯一可能的存在。我们开过去的时候跟一辆迎面驶来的银色小越野车相遇，一对年轻情侣告诉我们前面的路被河水漫了，看样子过不去。然而在食物的刺激下，我们依然决定冒险一试。水看

起来不知深浅，但观察一番后凭借经验判断，这路只是被水漫了大约二三十公分，于是大着胆子涉水而过。有惊无险通过后径直开向了远处那孤零零的咖啡馆。回望来路，那对情侣的银色小车一直停在原地，似是观望我们，随时准备救援，心里顿时升起温暖和感激。

到达咖啡馆跟前，房门上锁，四下无人。我们在周围瞭望了一会儿，只见远处山坡上一大一小两个身影慢慢走来。朗妮弗（Ragnlefur）是这里的女管家，带着4岁的女儿住在这里，因为没有客人，她们到山坡后面去玩，远远看见我们开过来，赶回来接待。原来这里是一个青年旅舍兼露营地，为前来探索高地的行者提供铺位和厨卫。我们说明了无意住宿，只是饿得不行来觅食，朗妮弗热情大笑着端来咖啡和糕点，小姑娘羞羞答答地张望又躲避。

正享用美味之时，门外有车响，原来是刚才错车的那对情侣看到我们顺利涉水通过，也试着跟了过来，气氛一下子热闹起来。

这位来自爱沙尼亚的年轻姑娘啜着咖啡说："冰岛的咖啡真棒！"

青年旅舍女管家的女儿名叫 fonscloffir，冰岛语的意思就是“荣耀的精灵”

我心想她是饿的，于是调侃说：“冰岛又不种咖啡，都是外来的，你大概是心理作用。”

她笑着说：“没错！这里真是什么都不长，只生产能量。”

她说“能量”时用的是 energy 这个词，我的理解是 spirit energy，于是附和“是啊，大自然总是给人灵感和激情”。她怔了一下说，她指的是地热、水和风能。我好生尴尬，暗笑自己是不是心灵鸡汤喝太多了。

朗妮弗的青旅旁边有一座矮小的草皮房子，有着传统的维京建筑样式，但是似乎又过于矮小。问起朗妮弗，她说那是给精灵住的。我立马说起“精灵山谷”，朗妮弗说她常去那里坐坐，即使天气再坏，那里也一片宁静安详，她相信一定有精灵守护。

也许是环境恶劣、极夜漫长，冰岛人的骨子里有一种天真的孤独感，即使是成年人，也会保有孩童般的幻想，再加上这片土地历史上较少地经历天主教的思想禁锢，更多地保留着北欧原始多神信仰和神话传说，所以对“精灵”的信仰是深入到骨子里的。他们相信精灵和人类友善共享着这片奇幻的土地，虽然人类看不见他们。这里凡有人居住的地方，大到城市，小到零星农场，周边总能找到为精灵所建造的小房子。朗妮弗还告诉我，她女儿 fonscloffir 的名字，冰岛语的意思就是“荣耀的精灵”。在我眼里，这个还不会说英文，但是无惧跟我们嬉戏的女孩，就是精灵的化身。

当地人为精灵建造的小房子

冰岛的正确打开方式，绝不仅仅是环岛自驾和高地越野，途中见到很多欧洲行者，用自己最喜好的方式与冰岛亲密接触，改装车、房车、露营、摩托、骑行、徒步……在回程的飞机上，我问同行的摄影师们，怎样评价这个北纬66度的悬垂孤岛？他们说，即使是最见识广博的旅行家和摄影师，也会被激发出孩童般的兴奋和激情。不仅是那些鲜见的奇观，行路途中也会有很多令人感动的风景，那些云、那些光、那些路、那些天边的小屋。我们盘算着下一次放下相机，换一种方式跟冰岛更深情地拥抱。

远东已冬

俄罗斯·堪察加半岛 // Камчатка:53°N

蔡景晖 / text
蔡景晖 悟空 / photo

蔡景晖

穷游网联合创始人兼总裁，前Lonely Planet中国市场代表，非畅销书《到南极》作者。喜欢旅行，足迹遍及中国大陆各省以及七大洲50多个国家。

堪察加的第 8 个清晨在狼嚎声中醒来，火山脚下，森林木屋。

火山，堪察加首府彼得罗巴甫洛夫斯克近郊最高的科里亚克火山。木屋，我们的当地向导亚历克斯（Alex）的家。狼嚎，则来自于昨晚从北方南下至此，这会儿正在民居周围林间撒欢的 100 多条雪橇犬。对，雪橇犬，无论西伯利亚雪橇犬（俗称哈士奇）还是爱斯基摩雪橇犬，都有着狼的基因。然后，在夜间，在清晨，它们的号叫声回荡在天上地下，此起彼伏。

这些狗们如此兴奋，是有正当理由的。它们从堪察加半岛北方出发，长途跋涉而来（好吧，其实是坐了几天的大巴），当然不是来看我们的，而是赶来参加比赛。比赛的名字很霸气——环白令海狗拉雪橇大赛，这是本地的一大盛事。开赛临近，市中心列宁广场的大屏幕已经在循环播放赛事的宣传视频了。所谓循环播放，即从早到晚播且仅播这一个视频，不折不扣的循环播放。

昨晚这些狗来的时候，亚历克斯比狗还兴奋。他眉飞色舞地跟我们说今晚有夜间娱乐，然后招呼我们披挂整齐去迎接远方的客人。他们的大巴很酷，车厢里有很多特制的分隔开来的空间，好让狗们的旅途更加安全舒适。车门一开，56 条狗一一蹿下，叫声从此不停。加上亚历克斯自家养的几十条狗，百狗齐吠。

和狗同路来的，有不少生着蒙古族脸孔的北方人。说起来，他们也算得上是堪察加本地的土著。其中有位老人非常眼熟，仔细一想，原来在赛事宣传视频中出现过——对，循环播放的那个。此人在视频中曾经站在领奖台上赢取大奖，是深藏不露的高手。

堪察加的土著居民，包括科里亚克族、伊捷尔缅族、埃文族、阿留申族、楚克奇族等数个民族，大概1万多人。他们中的大多数并不是堪察加最早的居民，而是在100多年前被哥萨克人驱离家园后来此定居的。更早生活在此的伊捷尔缅族，也叫堪察达尔人，是生活在堪察加半岛的古亚洲人。18世纪哥萨克人到来之前，伊捷尔缅族人口有5000人。现在多数人是混血种，大概有3180人能说本民族语言，以捕鱼为生，多数生活在堪察加河一地。

貂皮制成的北方堪察加人，是本地名片之一

以我个人经验，全世界靠近北极圈生活的人都有着相近的表情——面容粗粝，笑容憨厚；也有非常类似的生活习惯——搭帐篷、晒皮革、用草药，捕熊、抓鱼、套驯鹿，个个都是野外生存高手。这些北方来的兄弟也一样。他们中很多都是猎人，其中一位是紫貂捕手，有捕紫貂的特别许可证，每年可以捕杀 1200 只紫貂。身为地主，又是众人之中会说几句英语、比较国际化的一位，亚历克斯自然有着相当大的影响力。不一会儿，在他的建议下，一些小小的貂皮手工制品就设计好了。貂皮做的北

雪橇犬，无论西伯利亚雪橇犬（俗称哈士奇）还是爱斯基摩雪橇犬，都有着狼的基因

方堪察加人，紫貂的 4 个爪子巧妙地构成了堪察加人的四肢，手里居然还有个鼓，鼓上画着的正是白雪皑皑的火山下的狗拉雪橇，是本地名片之一。亚历克斯家没有 WIFI，饭后大家聚在一起，喝酒唱歌，高谈阔论，叫嚣乎东西，隳突乎南北。无比喧闹之后，人们又安静地挤在小木屋里各自睡去——真的很挤，小小的木屋装下 20 多个人，每个小房间都挤了至少四五个人，甚至连楼道里都铺了床垫。

说得这么热闹，只可惜狗拉雪橇大赛将在我们离开后一天才开赛——下次再来！

狗拉雪橇不仅是一场比赛或游客娱乐，它也是本地的生活。

在这里驾驶狗拉雪橇，比起上次我在挪威斯瓦尔巴德来，还是有些难度——速度稍快，而且经常要穿林子急转弯。除了某位不合群的同学，其余 4 个同学都从雪橇上摔下来不少次。

其中一位同学还因为胸部着地而受了点伤。那几天他一直捂着胸口喊疼，可惜大家薄情寡义，普遍不同情这厮，反而一致认为他没事，警告他不要诈伤。于是这厮继续在堪察加玩了很多天，各种活动都没错过。回到北京，他还是觉得胸口不舒服，去医院一查——肋骨骨裂。可见，狗拉雪橇难度系数不低，能摔、会摔以及人品都是必须的。

不过战斗民族就不一样了，亚历克斯家的瓦莱丽亚（Valeria）就是个野丫头。不到 10 岁的她，随便拎上两条狗、套上雪橇就能轻松地玩开，也没有大人来管她。

✤

木屋旁边有个鹿舍，瓦莱丽亚时不时就翻过将近 2 米高的墙进去逗驯鹿。那 3 头驯鹿是亚历克斯从北方买来的，挤在他的得利卡（Delica）面包车里长途跋涉才来到这里被亚历克斯养在家里。我的朋友小左当时正好住在亚历克斯家，最小的那只鹿就以她的英文名命名。小左在那里的时候，每天都去看这些驯鹿，希望它们尽快熟悉和适应这个新家。这些鹿果然很通情达理，经常跑来啃小左的裤子。

一天早上，小野丫头瓦莱丽亚跑来找小左。

“佐伊（Zoey），那只最小的雌鹿，有一小撮可爱的白色毛毛的，我和亚历克斯决定叫她（佐伊）！”

“我的名字？！”

“Da Da！”（是啊是啊！）

“我在堪察加有一头鹿啦！”

“对呀！佐伊，你可要经常回来看佐伊啊！”

再后来，就发生了著名的佐伊逃亡事件。

某天深夜，3头驯鹿集体出逃。亚历克斯全家出动，满森林搜捕。第二天上午，找回来两头。但直到晚上8点，亚历克斯、瓦莱丽亚和萨沙（Sasha）才把佐伊带回来。亚历克斯对小左说：“佐伊，我和瓦莱丽亚开始犹豫是不是还要叫她佐伊啦，这小家伙在树林里跑得实在太快了！”

那三头驯鹿是亚历克斯从北方买来的，
挤在他的得利卡面包车里长途跋涉才来到这里

驾驶狗拉雪橇是一件有些难度的事情
不仅速度快，而且经常要穿林子急转弯

搜捕佐伊的过程真不容易，6次围剿均告失败。亚历克斯的弟弟萨沙最后都生气了，气急败坏之下拿了枪准备直接就结果了它。好在天色渐暗，想来佐伊也玩累了，就站在那里休息。萨沙在旁边朝天放了两枪，佐伊都不为所动。最后，还是亚历克斯冲出来，机智地用雪地摩托把它撞了个跟头，捆了带回家去。

总算避免了一次屠杀，也避免了这样的故事——

“从前，有一只小鹿名叫佐伊，是以我朋友的名字命名的。第二天，佐伊死了……”

瓦莱丽亚不大会讲英语，日常沟通基本靠眼神、耍赖和生拉硬拽。同去的悟空同学（俗称猴子）之前去过堪察加，认识亚历克斯一家，他的英语口语也有些吃力，于是两人相谈甚欢。瓦莱丽亚还经常给猴子冲南方来的珍贵的黑芝麻糊表示欣赏和友善。尽管如此，她在翻鹿栏时还是阻止了猴子加入，估计她也认为这个行动不大安全。

难得安静的瓦莱丽亚

这么个野丫头，很少会有安静的时候。某大早上，亚历克斯送她上学，我们同车进城，居然见到了一个晨光下文文静静的小丫头，估计也只有上学这件事才能让她安静下来。阳光洒在瓦莱丽亚身上的时候，那一头金发还真是很美。如果只把这张照片上传朋友圈，众多不明真相的围观群众一定会赞美：这小姑娘多么斯文啊！

送她上学的亚历克斯却安静不下来。他进城去给狗拉雪橇比赛办手续，简单的小事却不得不接受3个公章的款待以及各种等待。同样让他烦躁的还有俄罗斯当时的汇率。

2014年12月，卢布崩盘。12月15日当天，卢布兑美元一夜暴跌13%。16日，再跌近20%。话说16日小左同学正好在莫斯科。这个家伙从远东的海参崴出发，沿西伯利亚铁路到达莫斯科。按照她的原话："穿越西伯利亚的铁路旅行，这一趟最令人震惊的，不是窗外的什么风景，也不是车厢里的什么奇遇，而是上火车的时候1美元兑52卢布，下火车就是1美元兑64卢布了。"卢布汇率最低的时候，为了寻求"历史参与感"，我央告小左在莫斯科代购一台 iPhone 6 Plus。一个正在红场乱走的人得到这个消息，一时也不知道该去哪里买，随便问了一个路过的中国人，立刻得到响应："跟我走！"于是当晚，小左同学抢到了红场苹果商店的最后一部 iPhone 6 Plus 64G，以当时汇率折合人民币4800元。

简直喜大普奔。

不过，以亚历克斯为首的俄罗斯人民就没我们这么窃喜了。俄罗斯民用工业一直都不发达，很多设备都要靠进口，也就是要用美元计价。亚历克斯

海水在狂风中翻涌着冲向岸边，而近岸的水面已被雪覆盖，
海浪至此被冰雪困住而无法解脱

告诉我们，2014 年冬天的成本算下来比同年夏天涨了将近 1 倍，等 2015 年夏天旺季来临，都不知道该怎么给客人报价了。俄罗斯轻工业不发达，各种小商品和食品也需要大量进口。这些商品的价格变化，让数学不太好的亚历克斯格外头疼。这个老实巴交的人不时跟我们抱怨，完全不理解为什么卢布一下子就不值钱了。汇率变化带来的成本上升以及客人的增加，对亚历克斯来说，真是忧喜参半。

✤

生活，总要继续。

冬天算是淡季，鱼不在家，熊也睡了。往返于机场和村子的路上，会经过一座雕像，上面是一头棕熊在捕鲑鱼，这是堪察加真正的名片。全世界鲑鱼产卵地有 1/3 都在堪察加地区。每年夏季，超过 800 万条鲑鱼洄游到勘察加半岛的河流中产卵、孵化。半岛上的 15000 多只棕熊则会抓住这一机会捕食大量鲑鱼，补充一年中所需的大部分热量，以度过漫长的冬季。身躯庞大的棕熊捕鱼时相当灵活，每 20 分钟就可以捕食一条鲑鱼，一天可以吃掉 30 多条鲑鱼。除了必要的睡眠，这些不顾体型的吃货整天都在进食。在不愁吃喝的夏季，棕熊每天增重 2 公斤，目标是使皮下脂肪层达到 15 厘米，这样才能撑过冬眠期。夏天是堪察加最热闹的时候，可以捕鱼狩猎，也可以坐直升机去看熊，甚至和熊抢鱼吃，想想都令人兴奋。亚历克斯还邪恶地给我们看了很多他拍的照片——火山正在喷发，呆熊正在

单只 200 多元的超大皇帝蟹快到碗里来

姑娘小伙呼啸着顺着小山山脊一一滑下，背后就是海湾和雪山

捕鱼……看在眼里，恨在心上。

看完照片再望窗外，尽管见不到熊，但冬季也别有风光。我们所在的小村子，每栋木屋前都堆满了雪，路边的积雪恨不得比房子的院墙都高，有些多动症同学不时爬上爬下，不亦乐乎。有一天，我爬上村子旁边的小山坡拍落日，几乎每脚下去，雪都过膝，不过百米的路，走了半个小时。小山上风大又冷，但眼前夕阳正慢慢晕红了雪山，一片狗声中，雪地桦树林中的小村庄如童话一般。

童话一般的不只这个村子。亚历克斯领我们到彼得罗巴甫洛夫斯克的海岸，一路上哇哇之声不绝于耳。在一天的惊叹之后，我们在余晖中穿过整个城市。冻在冰海里的船反射出金光，远处的火山在森林和楼群间时隐时现，眼前的一切都被镀上了一层金，而市中心的列宁像正遥望着落日。实在忍不了了的我，终于喊亚历克斯停车拍照。车子一转弯，停在一个雪坡下，亚历克斯来了一句："卖皇帝蟹的超市 7 点关门，只有 5 分钟时间哦。另外，你们这些大惊小怪的人都是从其他星球来的吗？”管它哪个星球，翻上雪坡，人即刻无言——夕阳正在远山之后渐渐西沉，阿瓦查海湾对岸的维柳钦斯基火山俯身在地平线上，不掩优美轮廓。而这还不够，因为有海。海水在狂风中翻涌着冲向岸边，近岸的水面被雪覆盖，海浪至此被冰雪困住而无法解脱，所有的挣扎都蕴含着无可估量的力量，像满腔热情，汹涌却欲言又止。眼前的景象既难以置信又莫名其妙的熟稔，人在其中只能失神。现在回想，那是在堪察加那段日子里最令我触动的一个瞬间。电光石火，念念不忘。

饮食男女，人之大欲。所以，赞美之后，我们并没有忘了奔赴超市。列宁广场附近的这家超市几乎就要收摊，各种海产品干净利落排列整齐，看得人欣喜万分。单只 200 多元的超大皇帝蟹收到碗里来，30 元 /100 克的鱼籽酱来几盒，熏鱼和罐头哪里跑。亚历克斯去买面包，我们则去调味品柜台买酱油。不会俄语的我们正发愁怎么跟老板沟通，柜台里忽然冒出的小妹瞬间开启了东北话模式热情地招呼我们。嗯，东北话。原来，她来自黑龙江，在堪察加生活了 3 年。她对这里很满意——中国人不多，生活简单，气候也好，比东北要温暖得多，尽管雪多了点。

冬天到处积雪，汽车能去的地方有限，很多时候都要仰仗雪地摩托

据说，3 月的平原上，某些区域的积雪厚度可以达到惊人的 12 米。由于堪察加半岛地表结构复杂，存在几种不同的地貌形态，再加上临海，并受火山活动影响，这里形成了与中国东北以及俄罗斯西伯利亚迥异的气候条件。冬季，半岛北部低至零下 50 度；而进入夏季，岛南有时竟可以进行海水浴。即便同样是冬季，沿海地带与内陆的温度和气候也相差悬殊。同一季，同一地，天气依然变幻无常。神奇的是，我们在堪察加的 9 天居然每天都阳光灿烂，每天都能看到海对岸的火山。临走那天，天色才有些阴沉，据说第二天就要迎来暴风雪了。人品爆表的我们很遗憾地只看到了晴天，于是今天回忆堪察加，脑子里全都是清澈明朗的蓝。

彼得罗巴甫洛夫斯克不仅有冰冻海水和夕阳，还有它独特的小城趣味。就城市风貌和建筑格调来说，它像极了上世纪 80 年代的中国东北二线城市——一样的火柴盒房屋，一样的积雪，以及化雪的日子里有时会显得脏兮兮的路面。不同的是它的自然环境——世界上哪个城市能被这么多火山怀抱？还有那么美的港口？在市区内就能看到海象？登上市区的小山，可以俯瞰整个港口，还可以遥对周围的火山群？

不一会儿，姑娘小伙成群结队拿着雪板上来，稍做休整，呼啸着顺着小山山脊一一滑下，背后就是海湾和雪山。还有人拿了滑翔伞上山，一个助跑就腾空而起，飞翔在海山之间，只留下背后的我们以及一地口水。

让人流口水的，还有市区一家餐馆。老实说，本地人的饮食相对粗糙，我们在亚历克斯家被红茶、饼干、肉汤、面包洗脑，唯一记得的一个彩蛋是临走前的驯鹿肉大餐——圆形帐房四壁毛皮，铁锅炖驯鹿肉汤，配上面包，做法依然简单，可味道确实不错。但是，市区内的这家着实惊艳！以浅薄的个

个助跑就腾空而起，飞翔在海山之间

人经验，在俄罗斯，进门需要脱大衣存起来的餐馆往往比较靠谱。这家餐厅室内精致明亮，各种绿植郁郁葱葱。海鲜沙拉、鱿鱼海菜、帝王蟹配扇贝挞，单是三道前菜就已经把人惊到。之后的焗蜗牛、奶油蘑菇汤、烤鱼、巧克力蛋糕，样样值得赞美。在吃方面，值得赞美的还有每次外出时的野餐——面包、红茶配上鳕鱼和鱼肝罐头……饥肠辘辘之时，就是人间美味。

野餐总是必须的，因为一出城就路途遥远。冬天到处积雪，汽车能去的地方有限，很多时候都要仰仗雪地摩托。这东西开起来很帅，速度也快，只是在摩托上穿越林海雪原，真的非常冷，真的。去温泉的那天，驾车两小时后，我们换骑雪地摩托，再用两个小时穿越冰封的湖泊。那真是世界尽头的冷酷仙境，景色美且不真实。但 30 分钟后，我们就无暇再欣赏美景。摩托疾驰，湖面上无边无际的风裹着积雪打过来，脸躲在风镜里，各种帽子都戴上，恨不能用一条羽绒被子把整个脸都蒙起来，不

萨沙按图索骥，拿着手机重新出现

手机从口袋里滑出落到地上的瞬间，居然被我拍到

露一点皮肤在外边。

每次停车休息都如蒙大赦，不停地问向导萨沙："还有多远？"

好在世界尽头是温泉。这样一个野外天然温泉，是对寒风彻骨的长途跋涉最大的补偿。周边的雪山被最后一缕光线打亮，又渐渐黯淡。赤条条没入温水，所有的寒冷都消融在水波之间——天堂。日落时分，通体舒畅的人有些昏昏欲睡。这时候，不甘寂寞的萨沙一顿挑拨，几个人居然疯疯癫癫地扑向池外的雪地，撒个野，打个滚，带着一身雪再跳回温泉，浑身上下每个毛孔都如挨了针刺般痛热，怎一个爽字了得。

猴子确实是朵奇葩。尽管朋友中奇葩争奇斗艳，旅途中丢什么的都有，但在堪察加3天之内连丢3次手机，偏每次都能找回来的，也只有这只猴子。第一次，是去温泉。向导萨沙突然停下摩托，在雪地上拾起一个红色壳的 iPhone 6 Plus，猴子莫名掉的。第三次，是这厮在野外嘘嘘，不知怎的就把手机掉了。发觉之后，开车返回去找，好在找到了。最神奇的，是从温泉回亚历克斯家的路上。雪地摩托开足两个小时穿越湖泊树林，终于换成汽车的时候，这厮发现手机丢了。当时只能推测，要么丢在没有移动信号的温泉旅舍，要么丢在路上了。路上就不要想了，丢在旅舍还有点希望，需要回去想办法跟看门的大爷联系。汽车往家开，我无聊整理照片，居然发现揭示"真相只有一个"的一张照片：雪地摩托停车时，猴子欺负同行某人，由于过于努力认真，身上掉下来一个红色物体。手机从口袋里滑出再落到地上，要多长时间？大家自己算。这个瞬间，居然被我拍到。之后萨沙按图索骥拿着手机重新出现的时候，猴子脸上笑开了花。

当然，猴子的功能不仅是自己丢人让大家开心，他还带了一台无人机。他控制无人机升天的那个早晨，整个村子里的狗都惊了，大呼小叫，奔走相告。

当晚，我们给亚历克斯看航拍影像，那家伙的嘴巴都合不上了。这是他每天生活的地方，但他从没有从这样的角度去看这座积雪抚摩、火山守护的奇异村庄。

没错，从另一个角度看这个世界，往往会发现不同。我想，这也是我还想再来堪察加的原因吧。

吃万里路

日本

Japanese Cuisine

一餐和食

沐冬
Text & Photo

和食，指传统的日本料理，包括有职料理、怀石料理、会席料理、精进料理和本膳料理，区别于广义的日本料理。和食体现了日本人尊重自然的精神，是与饮食相关的“社会习俗”。

沐冬

认真又严格的90后美食狂热分子。吃过不少国家的食物，继续在发现，不断被打动，感谢世界是一幅这样美味的版图。

这是1900年的巴黎万国博览会。

作为58个参展国之一的日本，为宣传本国的茶文化，在仿造奈良县法隆寺金堂设计的日本馆旁，临着庭院，又修建了一栋两层楼高的木质建筑，在里面做起喫茶店的生意来。

仍然是在这场世纪之交的飨宴上，拥有一家轮胎公司的法国人安德鲁·米其林，因为看好汽车旅行的前景，推出了一本提供饮食、游玩信息的导览指南，并于万国博览会场内免费发放。

那时安德鲁·米其林并不知道，这本红色封面的小册子，日后会在全世界贩售超过3000万册，被众多美食爱好者列入必读的书单。而当年参观万国博览会的游客，将这本免费的导览手册带进日本馆的喫茶店时，也无法料想，一个世纪以后，一万公里之外，日本京都也有一间像这样开在木质建筑里的喫茶店，被收录进他们手中红皮的《米其林指南》[1]，并被冠以三颗星的至高评价——那意味着，你值得为它，专程造访这个国家。

千年京都的一粒盐

喫茶店的名字，读Hyotei，汉字写作“瓢亭”[2]。

它在京都东面，南禅寺正门外的松林参道旁，以前为喫茶店、后为料亭[3]的姿态，伫立超400年。自江户时代起，瓢亭的所在，便是交通要路东海道上的必经之处，往来匆匆的旅客会在这里换上新的布衣与草鞋，赚得片刻的歇息。

Tips1: 米其林指南（*Le Guide Michelin*）是米其林公司出版的旅游书籍的总称，其中红色封皮的是专门评鉴餐厅及酒店的指南（*Le Guide Rouge*），每年进行一次更新。

Tips2: 2015年京都共有7家餐厅获得米其林三星的评级：菊乃井本店、吉兆岚山本店、千花、中村、瓢亭本店、未在、吉泉。

Tips3: 料亭（りょうてい），日本传统的高级料理餐厅，多开设在带有庭院的日式建筑内，客人在个室（こしつ，包厢）里用餐，可以邀请艺伎助兴。

葫芦状的三层陶器和瓢亭玉子

那时的瓢亭，不过是松林中的一间喫茶店，也兼卖一些茶果子。时日一久，遇上馋嘴的客人，终于忍不住问：茶果子以外，可有什么别的吃食？瓢亭的主人便到庭院里，取家养母鸡的蛋，煮到半熟，拿给客人。

按风俗志《守贞漫稿》的记载，江户时代的京都，一颗鸡蛋的价格约为20文银钱，相当于今天的400円（约合人民币22元），并非寻常餐桌上的食物。这颗半熟鸡蛋的声名渐渐在京都流传开来，直到1837年瓢亭由喫茶店转为料亭，它正式以老铺名物“瓢亭玉子”的面目，登上了瓢亭料理的舞台。

“外观是像丸子一样的，内里却无比柔软”。听说过瓢亭的人，都想要尝一尝这有名的瓢亭玉子，连1864年出版的《花洛名胜图会》亦对它赞不绝口。此时，距离第一本《米其林指南》诞生，仍有36年。

尔后的祇园依然有王孙和艺伎彻夜寻欢，至清晨，饥肠辘辘的他们便来敲瓢亭的竹窗。好脾气的瓢亭主人，只得煮一些清粥小菜和瓢亭玉子，以安抚这些醉酒之后仓惶的胃袋，瓢亭也从明治初年开始了“朝粥”的传统。

“老板娘，有粥吗？”海野辰平问。

“哎呀，还没有。到了夏天才开始熬粥呢。”

这是《迷茫的女郎》里，小说家松本清张写海野辰平带着三泽顺子造访瓢亭的片段。瓢亭的朝粥，一年中只在 7、8 两月限定供应，历经 150 年岁月不曾更改，它是京都夏日里永恒的风物诗。

朝粥其实并不是什么花哨的料理，先上一杯传统的热梅昆布茶，以微咸微酸的滋味开场。

随后，女将呈上的是葫芦状的三层陶器和瓢亭玉子，陶器上写着的“一带青山路不迷”，来自赖山阳书写南禅寺景色的和歌。

再将陶器一层层摆开：一碟芝麻酱拌胡瓜、一碟蒸甘鲷和一碟田乐贺茂茄子[4]。

瓢亭玉子因是烹煮到半熟，蛋白已如凝脂，蛋黄却仍是鲜嫩欲滴的模样，对半切开，和鲷鱼寿司、万愿寺青椒[5]一同盛放。这样一颗瓢亭玉子，曾令妹尾河童等人念念不忘，把它送入口中时，你也一定觉得，的确是美味的啊。可它到底只是一颗半熟的鸡蛋，并不会真的好吃到让人落下眼泪来，只是你会在心中暗暗祈祷，希望余生吃到的半熟鸡蛋，都可以完美得像这颗瓢亭玉子一样。

紧接着，女将端来豆腐味噌汤和盐烤香鱼[6]。夏日风物诗是逃不开香鱼的，瓢亭选的是天然香鱼，却颇有些肉，用备长炭烤，只撒一点盐，食时蘸青绿色的蓼醋，连香鱼头也要一口吃下，有温柔的甜和苦，这是大人的味道。

朝粥的主角是朴素的白粥，盛在南禅寺僧人用的钵里，舀入小碗后，浇上吉野葛出汁[7]，粥米粒粒分明，香气却很馥郁。

收尾再喝一杯冷茶，你好像有点明白了，为什么有京都的门外汉说，京都盛夏的清晨最是可人。那包裹在夏日蝉鸣和添水[8]叮咚里的瓢亭庭院，不染一点世俗的尘埃，阳光映上厚厚的青苔，照的也全是 400 年时光的流转。

京都以外，去哪里找这样的地方？正是因了这古意，瓢亭才能像一粒盐融进了热汤，成为千年京都的一部分啊。

Tips4: 田乐（でんがく）贺茂茄子是将味噌涂于茄子表面然后烤制的家常食物。贺茂（かも）茄子是京都北区上贺茂出产的茄子，是传统京都蔬菜之一。

Tips5: 万愿寺青椒是京都舞鹤市万愿寺地区出产的甜味青椒，也是一种传统的京都蔬菜。

Tips6: 香鱼（あゆ），日本人喜爱在夏天食用的一种小鱼，认为其有西瓜的香气。常与蓼醋搭配食用，食用时需将整条香鱼包括头部和内脏全部吃下。

Tips7: 出汁（だし），高汤，多由鲣节或昆布熬制。瓢亭的鲣鱼出汁因加入吉野葛而略微浓稠。

Tips8: 添水（そうず），日式庭院里一种通过流水使竹筒两边摇摆发出声响的装置。

"一子相传"的况味

热爱京都的谷崎润一郎，对瓢亭亦不吝赞美，他一生挚爱的是南禅寺的樱和瓢亭的味，在《细雪》里就曾写到幸子和贞之助去京都赏樱："总是星期六下午动身，在南禅寺的瓢亭提早吃夜饭，看了一年一度必不可少的京都舞，归途去祇园看夜樱，当夜就住在麸屋町的旅馆里。"

俵屋、炭屋和柊家便是谷崎润一郎笔下"麸屋町的旅馆"，而柊家的女将会告诉你，是的呀，不止有川端康成和三岛由纪夫，谷崎润一郎和谷崎松子也曾入住过我们的旅馆。

谷崎润一郎有堕落的味蕾，说自己"如若三日不吃美食，便无法继续工作"，连物资匮缺的战时，他也要去黑市买贵价牛肉，招待投奔而来的永井荷风吃寿喜烧。离柊家不远处，有一家名叫"一子相伝 なかむら"的料亭，当时就专门为像谷崎润一郎这样"麸屋町的旅馆"里讲究饮食的客人提供外送料理。

创业自 1827 年的"一子相伝　なかむら"，第一代创始人是在柜台前出售若狭运来的鱼货的商贩；第二代掌柜着手改良了自家腌制鱼货的口味；第三代传人中村庄三郎，对茶怀石[9]颇有造诣，中村家的料理也日渐有了一些名气；直到第四代中村正藏正式更改店名，从此才有了叫"一子相伝 なかむら"的料亭。

所谓"一子相传"，传的是中村家料理的两件名物——白味噌杂煮和酒烧甘鲷。和瓢亭不同，就算再是读过几本关于京都的书，你大概也没有什么关于"一子相伝 なかむら"的记忆。但一拐进富小路通，遍布街旁的尽是传统町屋，古旧的风情便立刻像雾一样弥散在空气里。你很确定，这就是京都该有的样子。而京都该有的味道，只能是"一子相伝 なかむら"的白味噌杂煮和酒烧甘雕。

一共十一皿料理，白味噌杂煮会早早地作为第二道登场。打开漆碗，只

Tips9: 茶怀石，主要指茶事中的怀石料理，食物清淡，但用餐顺序工整讲究。

浓稠的白味增汤包裹着烤到微焦的年糕

见浓稠的白味噌汤包裹着烤到微焦的年糕，汤依然保持着滚烫且宜人的温度。把年糕从浓汤里捞出来，软糯Q弹，不舍得立刻咽下。再喝一口白味噌浓汤，是这样浓郁甘甜，带着一点芥末的灼烧，顺着喉头流淌。此时大脑里极速分泌的多巴胺，令你彻底相信了，这的确是只用地下水调制的并且传了六代的秘方啊。

你不会马上就去吃下一道生鱼片，因为舌头还一直沉醉在白味噌浓汤的狂欢派对里。氤氲在舌尖的滋味使你没有了野心，你想若是世上的浓汤都是这样的味道，不知会柔软多少铁石心肠。

这是饱含着中村主厨一期一会的心情所烹煮的白味噌杂煮，要怎样的幸运，才能和这样的料理相逢？你开始觉得，真的是有食神的，因为他已在此刻降临。

可是你不会料到，在“一子相伝 なかむら”竟然能第二次得到食神的眷顾。

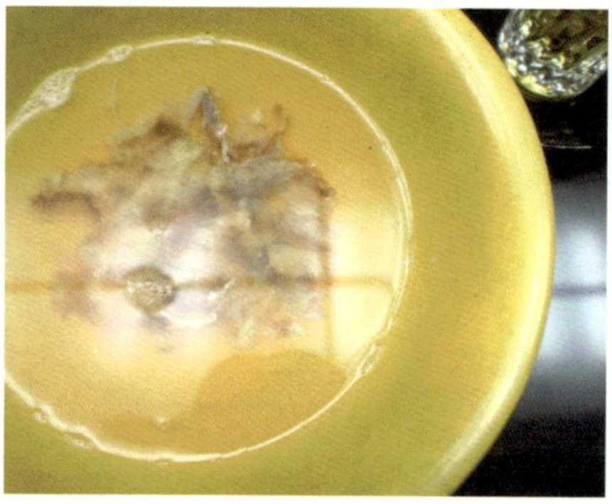

依附于鱼骨和鱼鳞的鲜美都充分融化进昆布出汁中

食神的二次眷顾

关西地区的甘鲷，多是从北陆或若狭运来，“一子相伝 なかむら”的酒烧甘鲷，大概就是这种鱼的料理的顶峰。

先用盐渍甘鲷一整夜，不去鳞。再低温酒烧，一揭开便是清逸的酒香。轻轻一夹鱼肉，沾一点清酒汁。太美了，你忍不住要闭上眼，觉得眼前的美味像是写成了诗。

可是最好的礼物，永远会装在下一个盒子。

吃完酒烧甘鲷，骨和鳞正凌乱地留在鹅黄色的漆碗里，女将立刻倒进滚烫的昆布出汁。用筷子慢慢拨动两下，依附于鱼骨和鱼鳞上的鲜美都充分融化进来，喝一口，天哪，完全不可能再像大和抚子那样说一句温柔的“美味しい”（好吃）了，你脑海里响起的是一连串的“哔–哔–哔–”。

太——好喝了！只有脏话才能表达这种心情！

原来《中华小当家》里画的都是真的，你终于理解了为什么他们会为美味的食物哭泣，因为此时此刻你也是这样的一脸夸张。这一碗泡着鱼骨和鱼鳞的出汁，简直就是魔法的液体，哪怕是最厉害的可卡因和尼古丁，都不比得它令人上瘾。

那滚烫的汤汁一路凯歌，就这样抵达了你的心房，你觉得人生真是美啊，这个世界明明一点也不糟。

作为一家获得米其林三星评级的料亭，“一子相伝 なかむら”的其他料理其实只算是不功不过，然而白味噌杂煮和酒烧甘鲷的出挑，却足够照耀全场。

白味噌杂煮原本只在正月供应，因获得客人的赞赏，才和酒烧甘鲷一起亮相四季的餐桌。“传统不会没落，但新一代的角色是要对传统做出顺应时代的调整”，第六代传人中村元计如是说。如何在守护中前行，是像他一样肩负传统盛名的料理人，正在思考的问题。

不甘与野心

与传承十五代的瓢亭和传承六代的“一子相伝 なかむら”不同，大正元年（1912 年）才诞生的菊乃井也许是因为没有这样的光环，显得更加大胆。

例如名物之一的豚角煮，食材便是和食中并不主流的猪肉。毕竟明治之后，日本才开始时兴吃四只脚的动物，就算近年走红的肉怀石料理人气店，主打的也是高级和牛。由第三代主厨村田吉弘大胆改良后的豚角煮，如今成为了菊乃井的标志性料理：猪腩肉切成 2.5 厘米的立方，在淘米水里浸泡一整日后，再用八丁味噌[10]和红糖浓汁炖煮至松软，最顶上铺一层土豆泥，温柔得如同丝绒。

Tips10：八丁味噌，一种由大豆长时间发酵制作的黑色味噌，产自冈崎，风味浓郁，传说深为冈崎出身的德川家康喜爱。

中猪口番茄冷汤

豚鱼煮是菊乃井的标志性料理

而夏日菜单上的中猪口蕃茄冷汤，则是将上贺茂地区产的蕃茄制成果泥，只简单调味，盛入冰得起雾的玻璃食器。满口都是恋爱的味道，唔，你想起了安达卢西亚的Gazpacho[11]，只有那一层薄薄的汤叶（豆腐皮）在提醒你，它仍盖着一层洁白的日式面纱。

菊乃井短短百年的沉淀，在京都似乎不值一提，然而在海外游客眼里，这却是漫长的一个世纪的日本风情。村田吉弘并不打算成为厨房里的顽固老爹，青年时就远赴法国游历。于是这里有印刷工整的厚厚酒单，你可以喝到沉睡 16 年的沙龙白中白香槟[12]；这里的厨房也并不介意引入西洋技法，甚至勇敢地在传统料理与 fusion（无国界料理）之间走着钢索。

你要是仔细品，会觉出这一点不同，其实应被称作不甘和野心。那些自古就有的料理搭配，是料理人沉淀了几个世纪的经验选择，而今天，想要在传统的基石上变革，必然会是漫长而艰辛的课题。

正如北大路鲁山人所言，和歌里总是将梅花与黄莺写在一起，觉得老套吗？可是黄莺真的年年都落在梅花的枝桠啊。若是黄莺想离开梅花，又应去往何处呢。

Tips11: Gazpacho，西班牙菜中常见的蔬菜冷汤，多是将蕃茄捣碎成糊，调味冷藏后食用。

Tips12: 这是由法国沙龙香槟（Champagne Salon）自有单一葡萄园（Le Mesnil-sur-Oger）出产的单一葡萄种（霞多丽）酿造的白葡萄白香槟，故称白中白（blanc de blancs），被称为香槟中的帝王。

日本以外的食客，关于高级日本料理的认知，大多是始于曾经红遍全球的 NOBU 一类的餐厅，它们开在时髦的街区，价格并不便宜，又总是灯光暧昧的样子，就像十几年前美国电影里的中国餐馆，那不过是西方人心目中的东方表情。

而真正进入到和食的世界里，你才明白最打动人心的，其实是它背后凝结的历史和承载的人生，那每一皿料理，呈上的都是一帧关于日本的剪影。和食就这样被守护、被热爱，经岁月洗练，一路前行，直到 2013 年 12 月 4 日，正式被列入世界非物质文化遗产名录，以京都为中心，继续向世人展示她的美丽。

若你为京都沉醉，请一定用心品一餐和食的滋味。

和食中使用的筷子总是纤长又两头尖尖，传说这一头是人，而另一头是神明。此刻的庭院已变得不再重要，个室的书画也失掉了颜色，所有的注视，都集中在了面前的料理。你不必再在意什么才是和食的奥义，只需拿起筷子，双手合十，轻轻说一句：我开动了。

じゃあ、いただきます。

盛夏·晴山

朱国梁
Text & Photo

不过 3 个多小时，秋田新干线便到达上野站，还没吹够日本海凉爽的风，就在日落前一脚踏入东京钢筋水泥的燥热中。今天的晚餐是费了一些周折早早预定好的，特意回到酒店换了身干净衣服，收拾心情，不能怠慢。

餐厅名叫晴山，开业不过 3 年，却已在食评网站 Tabelog 上跻身全日本前 20 位。店主山本晴彦 19 岁进入岐阜的料理店“たか田八祥”修业，历任副料理长、分店店长。31 岁时，在东京单飞创办割烹料理店，并根据自己的姓名为餐厅取名“晴山”。开业不久，晴山便成为东京的热门餐厅，并于次年拿到米其林二星。

在繁华的街道上满怀期待地走了好一会儿，跟着导航七拐八转进入一条小巷。来回走了几次找不到标牌，定睛一看，终于在一栋楼的角落里看到灯箱，上书“晴山”二字。嗯，这栋楼的地下室，就是晴山了。

朱国梁

80后普通路人，常居上海。前后8次赴日本旅行，主要都、府、县几乎游遍。自认算半个吃货，对和食非常感兴趣，觅食是旅行中的重要部分。高级料理店、秘汤温泉的旅馆料理以及各地的乡土料理、天幸海幸、人气料理、屋台拉面等都有涉及，期望不仅吃得多，更能吃得懂。

推门进去，小店的装修非常简单——开放式的厨房，一个吧台，几张桌子。吧台两侧，山本正带着几个学徒低头忙碌。坐下后，一个店员过来确认有无忌口和食物过敏，其实在预约时都已告知，但当面再次确认总归是好的。

不一会儿，店员呈上前菜，轻声介绍“这道菜是茄子、海螺配芝麻花生奶油酱”。他重点说了茄子是当季旬物的贺茂茄子。菜上盖着醋冻，海螺入口弹牙，茄子虽软却丝毫没有粘牙感。

紧接着是一道烤物，食材是太刀鱼，配以鱼沼产的椎茸，再浇上淡路岛产洋葱制成的调料。太刀鱼的肉质非常鲜美，经过洋葱调味，整道料理酸外有甜。在介绍太刀鱼时，我一度认为这是河鳗，急得店员跑去拿笔和纸描绘给我看。在他描绘时，我发现他的手非常粗糙，才注意到这里跑堂、送菜、拉椅子的全是学徒。传统的日料店大抵如此，学徒要从最基本的打杂做起，点点滴滴修炼自己的品性和待客之道。

少顷，御碗呈上。最近几年，随着品尝的日料增多，越来越欣赏这道料理，我认为它能担得起“日料之魂”的称号。御碗的高汤用昆布、鲣鱼片（有料理店用金枪鱼片）熬制，可谓和食的味觉之源。高汤的制作往往以秒计时，味道浓与淡、欠与过只在一瞬间，这对料理人的技艺是很大的考验。在拥有开放式厨房的日料店里，你可以看到主厨在制作一份御碗前会端起小碟轻抿一口，那就是在感受高汤的味道。御碗中的食材往往是当季风物，制作方法多样，煮、烤、蒸等不拘一格，而晴山的这道御碗选用了日本夏季的代表性食材——鳢。

在中国谈到鳢，大家都会认为是黑鱼，但在日本，鳢（ハモ）特指灰海鳗，是一种极具京都特色的食材。鳢的生命力很强，在古代，能从沿海运到京都时还保持鲜活的鱼，大概就只有鳢了。因此，京都人对鳢有着

茄子、海螺配芝麻花生奶油酱

烤太刀鱼与鱼沼产椎茸

特殊感情。夏季是鳢的产季，京都在夏天举办的祇园祭，甚至别称为“鳢祭”。然而，处理鳢非常困难，因其不仅牙齿锐利，而且背部从头到尾还遍布着 1-2 厘米长的细而硬的小刺。这些刺密密麻麻紧贴鱼皮，无法一一取下。

为了对付这些刺，料理人想出了“刀切”处理方式，简单地说就是将鱼刺切碎，使之不会伤害食客口腔。刀切是一种高难度的技巧，讲究以细小的间隔、适当的力度切向鱼身，将鱼肉和鱼刺一齐切碎，但又不能切断鱼皮。一般说，刀切的要求是 1 寸切 24 刀（一说 26 刀）。刀切后的鳢以水烫后，鱼肉会呈现出花一样的形状，再点缀以梅肉，便成了京都当地代表性的鳢料理。

鳢御碗

喉黑鱼

仔细看，晴山的鳢完全是京都做法，可见山本的刀功着实了得，也能感受到他对传统的尊重与传承。带刺食用的鳢肉有着独特的口感，尝过一次就难以忘记。山本的高汤颜色清澈、温度适中，掀开碗盖，高汤香味渐渐散出，端起轻尝一口，味道恰到好处。

刺身登场。今天的刺身是喉黑鱼，大多产自日本海一侧较温暖的海域，在一些料理书上它被称为与北方喜知次鱼齐名的高级红皮鱼。喉黑鱼的鱼皮比鱼肉更鲜，一般会施以“烧霜”处理，即将鱼皮略烤后迅速冷却收干，激发鱼的鲜香，提升鱼皮口感。晴山也将喉黑鱼烧霜，配了葱和裙带菜，很好地中和了鱼肉的肥腻感，最大程度激发出整道刺身的香气与甘甜。

稻庭乌冬，富山产黑鲍及鲍肝，北海道紫海胆

烤香鱼配牛蒡团子和玉米

接下来便是晴山夏季菜单的招牌菜。上这道菜时，甚至可以从学徒的眼里看到自豪的神采。整道菜放置在贝壳中，最下面垫的是稻庭乌冬；中间是蒸过的富山产黑鲍及鲍肝；上面铺着北海道紫海胆。三样食材均是原产地知名特产，尤其是稻庭乌冬，在机器制面相当普及的今天，不少高品质的稻庭乌冬仍采用传统的手工制成。这道菜的酱汁也比较复杂，有冻醋、柚子醋和海鲜酱，鲍鱼的甜鲜和海胆融合得当，乌冬则厚实了整道菜的口感，令人异常满足。

招牌菜之后是季物——烤香鱼配牛蒡团子和玉米。就餐前，我曾开玩笑说如果这套料理中没有香鱼就将酒单吃下去。确实，夏天才允许捕捞的香鱼，因其独特的青草香味，在各家怀石料理的菜单中都占有一席之地。但这最常见的烤香鱼也是难度最高的烧烤料理。烤香鱼之难不仅在于香鱼是不去内脏地整条烧烤，从头到尾的结构与含水量不尽相同，火候掌握非常苛刻，而且还在于香鱼多为野生，只在清流中生活，即使是同一水域捕获的，不同批次的香鱼也会因气候不同而肉质风味相异，如何串鱼、盐撒多少全靠厨师经验与手感，加之香鱼只在夏季上市，也对厨师的熟悉掌握速度提出了更高要求。

晴山的这道烤香鱼，先是选材上乘，为长良川上游捕捉的天然鱼，长良川由白山山地融雪而成，水质优异；再是技法高明，通过打开鱼嘴用铁丝串起鱼身，使热量通过铁丝直达鱼肉，还能刺穿鱼胆带出最苦的胆汁；最后配上甘甜的牛蒡团子和玉米，中和了香鱼的一丝苦味。这道看上去再简单不过的烤鱼，既包含着不旬不食的理念，又体现出厨师高超的本领，值得仔细品味。

这套料理享用至此，已经被山本的厨艺所折服。这家位于地下室的小店，没有豪华装饰，没有美丽庭院，也看不到花哨时髦的烹饪技巧，唯有料理人

鳢和鳢籽炊饭、味噌汁及腌菜

对食材、传统、技艺的极致追求。此时，上菜的学徒换成了一个 20 岁出头的女生，酷暑里双手却满是冻疮痕迹。

在日本，每年有无数人怀揣成为一流料理人的梦想拜师学艺，但又有多少人能经受住修业过程的磨练呢？就如德冈孝二（京都著名料亭岚山吉兆前店主）所言，曾在吉兆做学徒的人好几千，半路离开的占多数。要在讲究传统、技艺“死板”的日本料理界立足，需要更多的毅力和更大的决心。

眼前的这位女学徒先后呈上两道料理，说话时有些唯诺，介绍菜品轻声轻气：一道是煮冬瓜与烤淡路岛穴子，一道是鳢和鳢籽炊饭。让人欣喜的是这道炊饭，饭里配了细葱和生姜，调和了鳢的杂味，再搭上味噌汁和腌菜，组成了最迷你、最本色的日料餐品。盖上味噌碗的盖子后，我对前来收拾的女学徒表示感谢，她的眼中闪过一丝愉悦和放松。

最后的水物是一份葡萄。为了方便客人食用，葡萄皮被精心剥去。正如北大路鲁山人

水物

所言，日本味道的最高点是“无味之味”，是料理人之心，是装食物的一餐一盘。

埋单时，向学徒询问可否得到山本主厨的签名，但过了好一会儿都没回音。就在我以为这事希望不大时，山本晴彦轻轻走到身边，笑容灿烂，目光明亮。他边鞠躬边用还算标准的英语和我们寒暄，接着从身后如变戏法般拿出一份腌菜，算作答谢与纪念。

山本亲自送客出门，并接受了合影请求。告别时，他特意将副厨叫出，两人 90 度鞠躬谢客，大声送别。走上楼梯，默默回头，只见他和副厨仍如雕像一般保持鞠躬，纹丝不动。会心一笑后走上街面，即使已至半夜，盛夏的热气依然萦绕不绝。远处红绿灯殷勤地变换着颜色，晴山的灯箱却已默默熄灭。深深吸了口气，舒了舒筋骨，带着饱满的胃和舒展的心向车站走去。

寻味京都

京都甜品散策

菜菜 / *Text*
谢谢 / *Photo*

Tomo/绘

谢谢和菜菜

2010年以4万元在10个月中穿越亚非18国，2011年至2012年环全球七大洲自拍婚纱照，2013年出版《青春之后，认输之前》2014年成为职业摄影师。曾受旅游卫视专访，同时也是"带着微博去旅行"代言人。偏爱小众路线，深入探索南亚、南美及中东地区，遍历包括南极在内的七大洲共计60个国家，乐于分享关于旅行、摄影和生活方式的种种心得。

作为一个地地道道的甜品控，我对京都甜品垂涎已久。前两次到京都以观景赏花为主，美食只能匆匆掠过。今年第三次到访京都，特意留了整整一个星期的时间去找寻甜品店，也算是了却了我对甜品的执念。

京都的甜品店林林总总，大致可分为以下几类：

①以卖茶起家的，如中村藤吉、茶寮都路里、福寿园、一保堂、伊藤久右卫门等，代表甜品为抹茶甜品。

②以卖和菓子起家的，如老松、键善良房、京煎堂、永乐屋、祇园小石等。

③各种老铺的跨界合作，如蛋糕店长崎堂旗下的茶坊然花抄院、和菓子店末富与大仓饭店合作的时尚甜品店一之船入、化妆品店Yojiya开设的咖啡馆等。

④传统的町家Café，以家庭手作风味取胜，如Cafe冨月、梅园等。

⑤西式甜品店，如La Patisserie Des Reves和Salon de The AU GRENIER D'OR等。

祇园

祇园是京都著名的艺伎区，也是京都从古至今繁华的商业区，传统的町屋小巷里，餐厅、茶室、戏院、商店林立，这里藏着很多甜品老字号，等待有心人去发现。

茶寮都路里

老字号茶铺祇园辻利创立于 1860 年，118 年后的 1978 年为吸引更多年轻人体验茶文化，它开设了茶馆茶寮都路里。名字源于京都的“都”、四条大路的“路”以及茶之里（茶的故乡的意思）的“里”。

地址：京都市东山区四条通祇园町南侧 573-3
祇园辻利本店 2-3 楼
营业时间：10:00-22:00（21:00 停止点单）

茶寮都路里在京都有 3 家店，不过最出名的还是祇园本店。一层是茶铺祇园辻利，二层和三层是甜品店。常常看到排队的队伍从二层一直排到街上。走进店内，和式美学无处不在，茶筅做的装饰和壁灯尤其特别。

这家的招牌是抹茶冰淇淋和抹茶圣代，我们此行正好赶上樱花季限定，于是点了樱花抹茶圣代、红豆栗子年糕汤、黄豆蕨饼配红豆团子和手打抹茶配抹茶布丁。每一个的味道都很棒，圣代里的抹茶味道醇厚得齿留余香，汤中的红豆香糯饱满，团子保存着面粉地道的香味而又很有嚼劲，手打抹茶圆润回甘。离开时还不忘去一楼的茶铺买茶，再顺手打包带走一个抹茶冰淇淋。

键善良房

茶寮都路里的马路对面便是键善良房，这是一家于 1716 年创立的和菓子店，招牌商品是菊寿糖和黑糖葛切。

地址：京都市东山区祇园町北侧 264 番地
营业时间：9:00-18:00
定休日：星期一（若为节假日顺延至第二天）

入座后店家会提供茶水，并附送一颗菊寿糖。菊寿糖以和三盆糖为原料，味道清甜。黑糖葛切是我们这次特意去品尝的。葛切是由从葛根中提取的淀粉制作而成的，半透明呈长条状。放葛切的器皿是一个双层盒子，将葛切放在下层冰水里，可以保持其Q弹，上层则是冲绳黑糖蜜，作为葛切的蘸料。黑糖葛切口感顺滑，送入口中有种咻一下就滑入喉间的奇妙体验。

京煎堂

如果想品尝京都地道的抹茶甜品，又发现茶寮都路里排队太长，其实不远还有一个好去处——京煎堂。这家店可能在外来游客中并不那么知名，但却是本地人光顾较多的老字号和菓子店。对于时间宝贵的旅行者而言，不排队才是王道。我们照例点了春季限定的樱花抹茶圣代，虽然不如之前尝过的那么惊艳，但也是地道的好品质。

这家的招牌和菓子是煎饼，包括黑糖煎饼、抹茶煎饼、芝麻煎饼等。春风拂面之时，也少不了限定的樱饼。3 种樱饼都融入了樱花的元素和口味，却又各不相同，实在是别具匠心。

地址：京都市东山区四条通花见小路东入
祇园町南侧 565-1
营业时间：10:30-20:00

祇园小石

再往八坂神社方向走几步，就可以找到有 70 年历史的祇园小石了，这家店以秘传的黑糖蜜闻名。下午 3 点发售黑糖蜜圣代，每天限量 20 份，能否吃上绝对得拼运气。可惜因为去的时间不对，我们错过了黑糖蜜圣代，于是退而求其次点了黑糖蜜红豆和春季限定的樱花黑糖圣代。虽然不如其他店家名气大，但这里却是能避开密集人群、安安静静歇脚的好去处。

地址：京都市东山区祇园町北侧 286-2
营业时间：10:30 -19:00（18:00 停止点单）

Cafe 富月

Cafe 富月在祇园的深巷里。本以为只是家普通的店面，没料到竟是一处町屋人家，想必是店主辟了自家的一部分开设了这家茶屋。

我们点了招牌的抹茶豆腐，想想就觉得特别——抹茶和豆腐，这么不搭界的两种食物做出的甜品会是什么样呢？端上来后发现是用豆腐代替了芝士做成的抹茶蛋糕，蛋糕入口松软，伴有浓浓的豆香，既健康又别致。虽说不算是什么顶级甜品，但在这样传统的町屋人家安静地享用下午茶，也是一份难得的体验。

地址：京都市东山区祇园町南侧八坂町 570-8
营业时间：10:00-17:00
定休日：每月第 1 个和第 3 个星期一

La Patisserie Des Reves

原本的计划里并没有这家店，路过时被杏桃色的店面吸引，走近一看才惊觉是大名鼎鼎的世界冠军甜品店 La Patisserie Des Reves。老板菲力浦是当今世界最有影响力的烘焙大师，多次担任法国甜品锦标赛评委主席，2003 年以教练身份带领法国夺得世界甜品大赛冠军。没想到没有计划、没有预约、没有排队，就这么不期然地和这样一家店相遇在京都老城的一个町家路口。

这家店有着巴黎左岸的装修风格，却恰到好处地嵌入拥有几百年历史的町家老宅中。一层是外带区，二层是用餐区，门口还有冰淇淋外卖，十分便利。

地址：京都市東山区高台寺北門前通下川原町東入る鷲尾町 518
营业时间：11:00-18:00
定休日：星期日

河原町

从祇园走到河原町不过 10 分钟，但想要把这两个区域的甜品店都转一遍的话，可能需要一整天。不夸张地说，这里简直就是甜品控的天堂。

福寿园

地址：京都市东山区祇园町北侧 286-2
营业时间：10:30 - 19:00（18:00 停止点单）

也许你对“福寿园”这三个字并不熟悉，不过应该听过“伊右卫门”——日本销量最高的茶饮料。伊右卫门正是由三得利和有着 200 多年历史的京都老牌茶铺福寿园合作出品的，“伊右卫门”这四个字就取自福寿园创始人福井伊右卫门。双方合作的初衷是，为消费者呈献“美好的老京都”。

如此听来，便知道福寿园来头不小，寻到店里，更是大吃一惊。一般的茶铺或甜品店，只有一个店面，或者楼下卖茶、楼上茶寮，而福寿园则在京都最繁华的市中心拥有一幢十层楼的茶店——一层是茶铺，二层是茶寮，三层是茶膳，四层是传统的茶道教室，五层是茶具，六至九层是更专业的茶事活动场所，地下一层则是人们可以参与泡茶的课程。简直太霸气了！

既然是冲着甜品来的，我们就先去了茶寮，非常俗套地又点了樱花季限定，不过不是圣代，而是甜品套餐。这个套餐里的戚风蛋糕、布丁、奶油、果冻、冰淇淋都是樱花味的，摆盘精致美好，彰显和式美学，甜品还没吃到嘴里，眼睛就首先被征服了。如此气场强大的店，口味也自是不必多说，对得起这块招牌。

店里宣传单说第二天有手打抹茶的课程，我便报了名。老师知道我不会日语，还专门请了位会英语的店员来翻译。1 个小时的入门课程十分实用，介绍了宇治茶的分类、种植、研磨和手打方法。课程里提供的是简单的抹茶体验，若想更系统地学习茶道，可以去四层的茶道教室。

永乐屋

永乐屋一层贩售京佃煮和京菓子，以“一口香菇”和琥珀系列最受好评。琥珀系列就是包裹了一层脆脆糖衣的菓子，包柚子就叫琥珀柚子，包栗子就叫琥珀栗子。二层是可以吃甜品的喫茶室，以柚子甜品出名。

我点了招牌的柚子圣代，里面有白玉、寒天、蛋糕、果冻和柚子冰淇淋，上面再淋上柚子酱。柚香浓郁到不可用简单的香甜来形容，而是那种非常正点的清香，让人回味久久。

地址：京都市中京区河原町通四条上る东侧
永乐屋本店 2 楼
营业时间：12:00–19:00（18:30 停止点单）

林万昌堂

这是一家拥有 140 年历史的甘栗老店，店内现炒栗子，老远就能闻到香气。出售的栗子分标准和大栗两种，贪心买了大栗，颗颗香糯饱满，吃几粒就饱了。

除了糖炒栗子，这里还有其他栗菓子，甚至还有栗子冰淇淋。日本的老铺就是这样，可以凭着一股韧劲把一样东西做到极致，一做就是上百年。精湛的技艺和专业的匠人精神，让人敬佩。

地址：京都市下京区四条通寺町东入
ル御旅宫本町 3 番地
营业时间：10:00–20:00
定休日：元旦

Salon de The AU GRENIER D'OR

地址：京都市中京区堺町通锦小路上 527-1
营业时间：11:00-19:00
定休日：星期三，每月另有一日休业

本来我们并没有打算品尝西式甜点，因为传统的日式甜品都吃不过来了。但几乎所有的京都旅行书里，都介绍了这家 Salon de The AU GRENIER D'OR，看来是不能错过了。

做了功课才知道，老板兼主厨西原金蔵是第一个在法国米其林三星餐厅任主厨的日本人，后担任银座资生堂 Parlour L'osier 的总制果长。2001 年他开了这家甜品店和甜品学校，甜品店分堂食和外卖两个店面，在同一条小巷的斜对面。他家的招牌甜品是“金字塔”，据说当年卢浮宫的金字塔落成时，西原金蔵跟随他的师傅为落成派对担任厨师，受此影响创制了这份甜品。

堂食店面一座难求，看排队的队伍长度估计至少得等 1 个小时，无奈只得去买外带。不巧的是金字塔居然卖完了，只得买了蓝莓蛋糕、覆盆子乳酪和焦糖布丁，这几样甜品的单价在人民币 20–30 元。想想是米其林三星主厨出品，这价格真是业界良心。

生咖啡

地址：京都市下京区立売东町
みのや四条ビル地下一楼
营业时间：10:00-22:00

刚吃了法式甜品，有点腻。正好路过这家英文名为 Living Coffee 的咖啡馆，很复古的入口，引向地下一层的店面。这家店用热风低温烘焙，这样咖啡豆的细胞不会被破坏，能最大程度上保留咖啡本身的甜味。店里只提供手冲，点了一杯哥伦比亚。坐在吧台，看着咖啡师娴熟专注地冲咖啡，不知不觉中香气已充满整个房间。

乌丸御池

乌丸御池离河原町不远，但没有河原町这么喧闹。这里的甜品店鲜有游客，几乎都是本地人光顾。想要避开人群安静品茶，来这里一定会有惊喜。

伊右卫门茶沙龙

伊右卫门于2008年开了这家Salon——集卖茶、品茶、下午茶、茶膳和各种文化活动于一体的现代点心茶座。

下午茶套餐包含9份甜品，中西合璧，感觉一次品尝到了京都的古往今来，正应了伊右卫门的初衷——为你呈献“美好的老京都”。虽然说甜品的味道不如那些只专注于一种产品的百年老店，但概念和定位真心不错，而且这份套餐加上一壶茶才人民币100元出头，实惠至极。

地址：京都市中京区三条通乌丸西入御仓町80番地 千总大楼一楼
营业时间：8:00-24:00
（茶柜台11:00开始营业，餐食23:00停止点单，饮料23:30停止点单）

然花抄院

然花抄院是大阪百年甜品店“长崎堂”旗下的和菓子品牌。然花抄院的宅子由荒木志华设计，气派不凡，既保留了许多古老的元素，又赋予了新的演绎。宅子的前身是有着300年历史的和服老铺誉田屋，门口的暖帘上一横四点，便是“然”字。进门左边是和菓子店和日式杂货，右边是茶寮Zen Cafe。再往前有个很大的庭院，穿过庭院竟然是个艺廊。甜品还没吃上，只看建筑就已经收获颇丰。

长崎堂以长崎蛋糕闻名，然花抄院自然也有多款升级版的长崎蛋糕。我点了樱花季限定套餐，由“花素庭”蛋糕、樱花冻、樱花冰淇淋和樱花糖霜饼组成。摆盘很有意境，如同枯山水。吃完离开，又顺手带了一份招牌长崎蛋糕。

地址：京都市中京区室町通二条下ル蛸药师町271-1
营业时间：10:00-19:00（18:30停止点单）
定休日：每月第2个和第4个星期一
（若为节假日顺延至第二天）

梅园Cafe & Gallery

甘党茶屋京梅园，创立于1927年，在河原町和清水寺都有店。乌丸这家比较特别，它既是喫茶店，又是画廊，定期会有艺术展览。梅园最出名的两样是御手洗团子和抹茶松饼，御手洗团子配上黑糖蜜口味绝佳。我们去时一层和二层正进行艺术杂货展，一副门庭若市的盛况。

地址：京都市中京区不动町180
营业时间：11:30-19:00（18:30停止点单）

京都市役所前

虽然这里的甜品店不如祇园和河原町那么密集，但一保堂和一之船入绝对值得专程到访。

一保堂

一保堂的前身是1717年创立的“近江堂”，1846年被赐予“一心保茶”的称号，于是改名“一保堂”。店内仍保持着老派的风范，处处显示出老铺的坚持与用心——茶叶用木盒子存放；每个月卖什么茶，用毛笔手抄挂在店里；包茶叶的包装纸印有陆羽的《茶经》；封条上则烙着“一保堂”的名号。

一保堂附设的茶室名叫嘉木，也取自陆羽的“茶者，南方之嘉木也”。在这里喝茶，可以看到手打抹茶的整个过程。如果赶时间，也有外带茶饮提供。

地址：京都市中京区寺町通二条上ル
营业时间：茶铺 9:00-18:00
茶室嘉木 10:00-18:00（17:30停止点单）
定休日：元旦

一之船入un cafe Le Petit Suetomi

只听名字还以为这是一家法国甜品店，但它其实是京都大仓饭店与和菓子老铺“末富”合作的咖啡馆。大门写着“史迹 一之船入”，原来一之船入的所在地是一处古迹——高濑川运河的一号码头。这家咖啡馆，就在一号码头上，正对着高濑川的美景。

店名里的“un”是红豆馅的意思，“Suetomi”是末富。末富家最出名的便是红豆，所以这是一家以红豆馅为招牌的咖啡馆。我点了黑糖红豆冰淇淋，红豆经过特别熬制，做成了红豆馅球，混上一点冰淇淋，沾上黑糖，层次丰富，入口即化。

地址：京都市中京区河原町通二条下る
一之船入町 384 ヤサカ河原町ビル一楼
营业时间：10:00-20:00

岚山

来京都，一定不会错过岚山。渡月桥和竹林，天龙寺的樱花和常寂光寺的红叶，都是岚山的必赏之处。逛累了，随便找个茶寮或咖啡馆坐坐，也是岚山的迷人之处。

老松

这家店创立于 1908 年，据说老松的祖辈是古代皇室御用的糕点料理人，所以他家门帘上书有“有职菓子御调进所”的字样。本店在上七轩，但只有外卖，岚山分店则有堂食。

招牌夏柑糖只在 4 ~ 9 月贩售。将夏蜜橘的果肉挖出来，制成果冻，再放回橘皮内，以柑橘皮为容器，浑然天成，又可爱诱人。另一道人气甜品是黄豆蕨饼，与键善良房的葛切异曲同工，老松的蕨饼也放在双层的漆盒里，下层是放在冰水里的蕨饼，上层是黄豆粉，还配有黑糖。秋天，老松还有限定的栗菓子，红豆栗子年糕汤也值得品尝。

地址：京都市右京区嵯峨天龙寺
营业时间：9:00-17:00

Yojiya Cafe

Yojiya 创于 1904 年，是京都畅销百年的化妆品店。岚山门店旁设有 Yojiya Cafe，贩售咖啡、甜品、简餐和手信等周边产品。食物虽比不上老字号的甜品，但可爱 logo 和温馨的店面环境，也相当诱人。

地址：京都市右京区嵯峨天龙寺
营业时间：9:00-17:00　　photo by 莲花

京都站

去京都，无论住在哪里，出入都会经过京都站，这里也是美食的聚集区。

中村藤吉

中村藤吉是宇治最著名的抹茶店，拥有 160 年历史，已传至第 6 代。它以卖茶起家，同时也做抹茶甜品。只有京都宇治店拥有堂食，在大阪和札幌可以找到贩卖手信的柜台。

因为交通便利，京都站的中村藤吉成为我们每次到达时的开幕和离开时的压轴。我最钟爱抹茶戚风蛋糕系列，抹茶冰淇淋微甜不腻，配上红豆、板栗、糯米团子和戚风蛋糕，简直完美。吃完之后总免不了在门口手信铺买上一大包甜品带给国内的亲朋好友。

地址：JR 京都駅西改札口前 京都伊勢丹三楼
营业时间：11:00-22:00（21:15 停止点单）

伊藤久右卫门

伊藤久右卫门也是宇治老茶铺，京都分店在京都站正对面。推荐抹茶馅团子，味道绝对是这么多家甜品店当中首屈一指。每次不管吃了多少甜品，一定会来这里再买上一盒抹茶团子。这次樱花季，也尝到了限定的樱团子，同样美味，值得品尝。

地址：京都市下京区塩小路通り烏丸西入ル東塩小路町 579-1 一楼
营业时间：10:00-18:30

百年一味

那些历久弥坚的鳗鱼料亭

夏微晨
Text & Photo

蔡澜曾在书中写到“旅行者各有所好”，而我的喜好，无非就是在每一次旅行中搜寻若干兼具味道与故事的料理——美味料理吃到饱，是暴走一天下来最好的奖励。日本，是一个可以极大满足我这种执念的国度。

在日本，很多传统料理店可能已历经数十代传承，但至今仍只贩售单一食材所制的料理。例如曾经造访一家京都甜品店，小而破旧的店面，只有 4 张古旧的木桌和数把摇晃的木椅，菜单上总共只有 6 样甜品，每一道所用的食材都是红豆和年糕。又比如在大阪、京都和名古屋吃到的鳗鱼料理，每一家店都有数十年甚至上百年的历史，但依然保留着最初的料理方式和风味，无论是古朴的餐具，还是唇齿间的滋味，都有时光穿越之感。正是这样的老店，在发掘食材美味的同时，也将时光的韵味带给每一位食客。

起先，对于鳗鱼这种看起来颇为油腻的食材，我并没有什么好感。也许是因为以前吃到的鳗鱼在生前都被照料得不错，端上餐桌时都已被养得“膀大腰圆”，使我在为数不多的几次尝试中只感受到了肥腻。这种“一口咬下去全是油脂”的偏见，一直延续到两年前我第一次到日本旅行。那次在一家老店，我吃到了丝毫不油

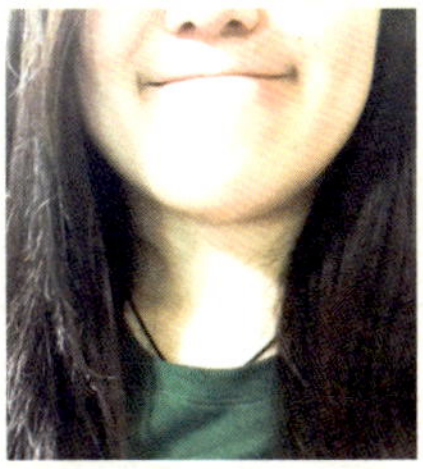

夏微晨

沉醉于探索世界和寻找美食的非典型双鱼座姑娘，性格和胃口都得益于大武汉十八年的熏陶。被一次那不勒斯志愿者经历打开了新世界的大门，自此掉入背包旅行的大坑。如今既是穿梭于魔都和帝都之间的咨询顾问一枚，也是背着相机继续走世界的旅行者。不是在出差，就是在旅行，就是这样乐在其中！

腻的鳗鱼蒲烧。自那以后，我对鳗鱼料理不再排斥，对老店也充满崇敬之情。寻觅鳗鱼料理老字号，逐渐变成了我的觅食偏好之一。

不期的反转：本家柴藤

美食总是和地域有着紧密的联系，尤其在日本。比如，一碗拉面在不同的城市就有不同的汤底和配菜，连一块叉烧肉都能衍生出几十种口味。鳗鱼料理也是一样。尽管食材没有太大的差异，但在大阪、京都和名古屋这 3 座互相间隔不足 1 小时路程的城市，一份简简单单的鳗鱼饭可以被演绎出截然不同的风味。

改变了我对鳗鱼料理印象的那家老店，就是已经在大阪经营了 15 代的“本家柴藤”。这家店创立于享保年间，至今已经有 280 多年的历史。能够尝到他家的鳗鱼蒲烧，算是随性的选择加上一些运气。

初访大阪正值午后，在等待闺蜜的间隙，我一个人离开青旅在街上四处游荡，顺便思考“人生大事”——晚上吃什么。当闺蜜抵达时，我已经逛到梅田站附近，并拼凑出了一张可食清单。考虑到交通便捷程度，只有一家名叫“本家柴藤”的餐厅可选。那时我对鳗鱼饭依然没多大兴趣，却也不排斥偶尔尝试一次。于是和闺蜜在淀屋桥站汇合，顺着小巷昏暗的灯光来到了餐厅楼下。

乘着狭小的电梯来到三楼，忙碌的服务员对着我们轻声慢语一段日语之后，只看见我们茫然的眼神。在简短的英文沟通后，我们得知因为没有提前预约，餐厅目前没有位置。正在我们转身按下电梯按钮准备下楼时，服务员姑娘叫住了我们，请我们稍等，然后就消失在门帘之后。过了一会儿，她拉开门帘告诉我们可以入座，但要在 7 点之前用完餐。

对我和闺蜜这类常被用“风卷残云”形容吃相的人来说，在有限的时间里好好吃顿饭并不困难。令我感到惊讶的是，作为一家被无数游客推荐的名店，“本家柴藤”的就餐空间相当狭小——只有 4 张桌子，最多同时招待十二三位客人。看来像我们这样在晚饭时间没有预约就能直接入座的情况，还真是需要一些好运。

我们都不是主食爱好者，所以选择了鳗鱼蒲烧套餐配鳗鱼肝汤（客人可以选普通味噌汤或是用鳗鱼肝熬制的汤）而不是“鳗重”（鳗鱼盖饭）。套餐是放在一个大餐盘上端给客人的，除了用长方形漆木餐盒装着的鳗鱼蒲烧外，还有一碗米饭、一碟小菜和一份鳗鱼肝汤。最初我对用鳗鱼内脏熬的汤心有戚戚，但在尝过一口之后只能表示“一万个赞”！鳗鱼蒲烧也并不像之前所想的那样充满肥油，炙烤得干净利落的三大片鱼肉，在黑色的漆木盒里泛着金黄的色泽，令人胃口大开。

鳗鱼带皮的那一面烤得焦脆而丝毫没有肥腻感，咬下去略微有一些酥，另一面则因为渗入了丰富的酱汁而有着绵密的口感。虽然对于有着大胃王之称的我来说，这菜量的确是小了些，但也有效避免了仅为饱腹造成的食不知味，让人能够慢慢品尝蒲烧的独特口感。套餐搭配的鳗鱼肝汤也相当惊艳，偏红色的鱼肝熬煮出清甜的汤底，丝毫没有鱼内脏的腥味，加入蔬菜一同熬制更加清新爽口，配上鳗鱼蒲烧一起食用再合适不过。就着三片鳗鱼和汤吃下一碗米饭。在大阪的第一顿饭就能品尝到传统美味，让这次旅程有了一个美味的开端。

诚意满满直奔鳗鱼：蓬莱轩

美味的食物总是令人念念不忘。第一次日本旅行使得鳗鱼料理在我心中的形象有了质的提升，于是在说走就走的第二次日本旅行时，我也不忘将两家老牌鳗鱼料理店加入饕餮清单。

今年樱花季伊始，我趁着有特价票的机会飞到名古屋，借机品尝当地原汁原味的鳗鱼饭。有了 2 年前在大阪觅食的经验，这次出行之前，我请酒店

帮助预定了所有想吃的餐厅。抵达当日，我就拉着同伴直奔名古屋鳗鱼料理百年名店“蓬莱轩”大快朵颐。

蓬莱轩创始于明治六年，已有 140 多年的历史，常年位居名古屋餐厅榜单的前列。小店坐落在热田神宫旁边的一条小路上，沿街看起来有不少老牌的传统日料店，门面装点着松枝和盆景，身着和服的服务员站在门口迎接客人，看起来宁静而神秘。叩开大门，负责接待的姑娘确认了预约，并请服务员带我们上楼就坐。楼上的就餐环境十分传统，一个大的房间里有八九张配着坐垫的矮桌，窗棱都是传统的日式风格，从窗口望出，便是修剪得当的松枝和隔壁家的屋檐。

毕竟是有备而来的，我们火速点了两个小份的鳗鱼饭、一份酒煮蛤蜊和一份烤鳗鱼肝，这一顿的花费约合人民币 450 元。

蓬莱轩的鳗鱼饭是装在古朴的木质六边形饭盒里端上桌的。切成薄片的鳗鱼肉整整齐齐地码在浸满酱汁的米饭上，揭开盖时香气扑鼻。同时，服务

员会给每位客人一个额外的空碗和饭勺，方便从饭盒中取食。名古屋的鳗鱼饭是一饭三吃，服务员还会送上一壶茶汤和一盒配菜，3 个槽里分别放满了海苔、葱和现磨的芥末。似乎所有提供名古屋式鳗鱼饭的店，都会提供一份食用指南——从大碗中盛出第一碗，体会鳗鱼饭的原味；接着盛出第二碗，按照个人口味加入海苔、葱、少量芥末，与鳗鱼和米饭混合食用；最后一碗，除了加入葱、海苔和芥末之外，还要倒入热腾腾的茶汤，以鳗鱼茶泡饭作为结尾。如果还剩有鳗鱼饭，可以按照个人喜好再进行一次搭配。

蓬莱轩似乎是一家广受本地白领喜爱的老牌餐厅，整个晚餐时间，目之所及都是穿着深色西装拎着公文包的食客，4 人或者 6 人一同就餐，在等待上菜时热络地聊着天。身为日剧迷的同伴一直在感叹，这就像某某日剧里的场景。

我一直认为，名古屋鳗鱼饭的一大亮点是配菜里的葱花。原本我是一个对葱姜蒜都敬而远之的人，但两家店改变了我对葱的印象，甚至对日本葱生出了一些喜爱之情，一家是道顿堀的一蘭拉面，另一家就是蓬莱轩。翠绿的葱花口感脆爽，中和了酱汁浓郁的鳗鱼饭带来的甜腻，使得口味更有层次。而另一个亮点，就是除了铺在表面的一层鳗鱼和酱汁之外，米饭下面还有一小部分带着浓郁汁水的鳗鱼碎，这使得每一勺米饭都带着鳗鱼和酱汁，稍微搅拌一下便能获得均匀的口感，是名符其实的“鳗重”。

除了鳗鱼饭，蓬莱轩的烤鳗鱼肝也值得一试。烤得外焦里嫩的鳗鱼肝裹着浓厚的照烧酱，用造型古朴的陶制容器盛放，还可依据个人口味撒上白胡椒粉调味。即便只是佐餐小食，也能看出店家的用心。

桶装幸福：祇園う

如果说一人一份的鳗鱼饭代表传统，那么多人份的桶装鳗鱼饭不知道能不能算是创新。出行前，我习惯性地上网搜罗各路美食攻略，看到有人推荐京都一家名为“祇園う”的百年老店，曾被评为米其林一星，招牌是桶装鳗鱼饭。

经常独自旅行的人和贩卖多人份的料理店只能说是情深缘浅。作为一个曾在巴塞罗纳四处搜寻一人份海鲜饭、在佛罗伦萨满大街翻菜单寻找一人份 Fiorentina 牛排的苦命人，这次由于有友人同行，终于不用在“想吃”和“不想浪费”之间纠结。

拿着预约单和同伴一起直奔京都的花见小路，在一条僻静小街上找到了这家店。门口的帘子上仅仅写着“う”，一不小心就会走过。拉开木门进入店内，入眼是狭小的店面和两个小桌，手边狭窄的楼梯将将能供一个人通过。二楼是传统的和式餐桌和榻榻米，4 张简单的木桌，日式木窗让街景显得模糊，但是丝毫不影响正午温暖的阳光跃入室内。用毛笔手写的日文菜单仅是小小的一张纸，幸好店内准备了配图的英文菜单，解救了我们这些不懂日文的吃货。

本以为拉着一个同伴就可以消灭一“桶”鳗鱼饭，看到菜单却傻了眼——最小的一“桶”是三人份，售价 1 万日元，每个人都配小菜和鳗鱼肝汤。本

着“来都来了，不吃可惜”的心态，我们只能硬着头皮“来一桶”了。

那真是“满满都是幸福感”的一桶美味啊！浅口的木桶里铺着厚厚一层米饭，每一粒都裹着金色的酱汁，其上盖着一层金棕色的大块烤鳗鱼，每一块都有至少 10 厘米长，这视觉上的冲击真是让人“口水流下三千尺”。位于关西的这家店采用了关东“背开式”手法来处理鳗鱼。为了能够随时取用活鳗，店家在开业之初还专门挖了一个池子来养鳗鱼，实乃用心良苦。

店里的阿姨拿着木勺为我们分饭，先在木桶里划出一块，再盛到花瓣形的碗中，适量的米饭上铺着一整块鳗鱼，在灯光下每一粒米都泛着光泽。同伴对这种均匀沾满酱汁的米饭赞不绝口，而我则奋力消灭着一块又一块鳗鱼。相较于本家柴藤的干净利落和蓬莱轩的丰富口感，这家小店专心于呈现，烤鳗、米饭和酱汁之间最简单的互动。新鲜的食材和沿袭多年的烤制手法，使得每一块鳗鱼都肉质细腻弹牙，浸满酱汁的香甜。吃到第二碗觉得有些腻时，喝一口清甜的鳗鱼肝汤就能轻松化解口中酱汁的黏腻。这次的鳗鱼肝汤是和法香（欧芹）一起熬煮的，清香扑鼻。在我们俩的努力之下，三人份的鳗鱼饭几乎全被吃光，同伴直呼肠胃得到深度满足，而我也被幸福感重重包围。

回国后依然对这几碗饭难以忘怀，几度翻出照片惹得自己口水直流。对我而言，旅途中觅食的乐趣，是发掘同一种食材在不同的地域、不同的厨师手下如何幻化出各有千秋的美妙口感和风味。把那些狼吞虎咽和走马观花都抛在脑后吧，老字号的料理不仅仅是一道美味，更像是一个地标、一种风情和一段时光。

当吃货遇见东瀛

陈盈懿
Text & Photo

由于工作缘故，我到过很多国家和城市，常被问起最喜欢哪里，每次我都不假思索地回答：日本。除了四季皆宜的美景外，让我特别偏爱日本的理由很简单，那就是美食。

说到日本料理，很多国人的第一印象都是“量少口味淡”，原因不外乎怀石料理的高冷范儿太过夺人眼球。虽然传统的日式割烹确实走小而美、重食材本身味道的路线，但若你以为这就是日本美食全部，那就真的错得离谱了。

陈盈懿

旅行摄影师。狂爱美食、热衷装逼、特别臭美。

放题

“放题”就是我们熟知的自助餐形式。在日本，许多经营涮涮锅和烤肉的店家都会有这种放题菜单，同桌落座要点同一个套餐，酒水饮料一般情况下需另点。放题套餐大多有时间限制，一般为 2 小时，很多人看到这里可能会觉得时间太赶不够吃，不过根据我的经验这些时间足够饱餐一顿。

しゃぶ禅 京都

已有 30 年历史的しゃぶ禅，专营日式寿喜烧和 SHABU SHABU 火锅（涮涮锅），这家店位于京都的祇园町，离清水坂、高台寺和八坂神社都很近。因为是冲着牛肉来的，所以我们一行 4 人这一餐下来一共吃掉了 16 盘牛肉！

套餐中有 3 种牛肉可供选择：普通牛肉、黑毛和牛、神户牛肉，价格也依次攀升。考虑到火锅形式对食材要求并不那么高，我们就折中选择了黑毛和牛。牛肉上来后，服务生会用特制的长木筷轻轻夹起牛肉放入锅中，来回涮上 10 下，熟得程度刚刚好，细密分布于牛肉间的脂肪赋予了黑毛和牛优越的口感和味道，嫩香肥美，丝毫不腻。

套餐内还提供新鲜的猪五花肉，完全吃不到那种急冻过的猪肉味，食罢齿留余香。

北新地 豚しゃぶ英 ⦿ 京都四条烏丸店

这是一家专门经营猪肉、鸡肉涮涮锅的居酒屋，每天下午 5 点开门、午夜 12 点打烊，是个吃宵夜的好地方。

相比猪肉涮涮锅，鸡肉的更对我胃口。这家鸡肉选自德岛县的阿波尾鸡，脂肪少、不油腻，口感结实又不柴，特别适合制成鸡肉丸子。

餐厅提供中文菜单，并且贴心地用中文介绍了涮肉和酱料的具体吃法。服务员也十分热情周到，不仅送了我们很多小菜，还端来一份冰淇淋作餐后甜品。

烧肉

烧肉一般以牛肉为原料，也会有猪肉、鸡肉及内脏等食材，在价位选择上不仅有便宜的放题烧肉店，也有价格不菲的使用日本三大和牛（神户牛、松阪牛、近江牛）的高级烧肉店。

肉屋 弘商店 ⦿ 京都

肉屋是专营和牛烧肉的餐馆，出于对肉质的严苛要求，它甚至建立起一条拥有养牛场和屠宰场的产业链来。餐馆从下午 5 点营业到午夜 12 点，晚餐时段必须要预约才能吃上，受欢迎程度可见一斑。

如果你到肉屋，千万不要错过这些餐品：

野菜色拉——其中的白萝卜甜美多汁至极，这辈子没吃过那么好吃的白萝卜。

生牛肉——最好的生牛肉只选用牛大腿后部的一小块肉，据日本当地人介绍，自去年东京发生过一起因生牛肉不新鲜而导致的食物中毒事件后，政府对生牛肉经营严格监管，要求必须有零度厨房且食材极其新鲜才可经营，目前全日本能做生牛肉的店家已经不足百家。所以，爱吃生牛肉的吃货们，且吃且珍惜。

厚切牛舌——加上三星葱一起送入口中，香嫩无比，好吃得停不下来。

牛里脊——直接让时间来挑选食材的杰作，据说这种牛里脊要放置一周发酵，待外圈的肉发黑发臭后再将其去除，只取中间那一小块经过风化的部分，这样慢节奏的耐心产物，味道自是极好。

另外值得一提的是，这家的牛尾汤也非常好喝，不要错过。

れすとらん松喜屋 京都四条店

松喜屋创始于明治初期，是出品近江牛的老字号，这家近江牛料理专门店使用的就是自产自销的牛肉，价格虽贵，但食材优质、味道上佳。作为日本三大和牛之一的近江牛，饮用琵琶湖的水，以麦和米糠为主要食物，还会时不时喝些糯米甜酒以刺激食欲，产出的肉柔润甜美，霜降恰到好处。

松喜屋的牛肉料理套餐有 3 种，分别是网船、厨船和帆挂船。我们选择了厨船套餐，包含生鱼片、牛肉夹心寿司、萝卜、南瓜汤、涮牛肉、牛肉天妇罗、大理石烤牛排、自选主食、饭后甜点和茶水。餐厅有会中文的服务员，每上一道菜都会介绍菜名、食材和酱料，让食客不仅吃得过瘾也吃得明白。此外，这家的酱料十分特别，由泡沫酱油和泡沫盐组成，很有些分子料理的格调在里头。

拉面

日本拉面口味多元、价格实惠，它虽源自中国，但在漫长的发展中又自成一派，是当今日本极具代表性又非常接地气的大众美食。

博多长滨拉面 京都

走进这家店时，你绝对想不到这是一家营业额已经过亿日元的知名面馆，店面又小又破旧，却丝毫不影响它的人气，饭点时分门外必定排起长龙。这家小店只售卖叉烧拉面和普通拉面，正是源于这种专注的精神，才真正把这两种面做到了极致。

拉面味道的精华在于汤头，香浓的汤头将面条的滋味浸润得恰到好处，

面条口感扎实，韧劲十足。虽然碗又大又深，但忍不住又加了一份面，老板表示从来没见过女生一口气吃完还加面、结果又吃个精光的情况，从他又惊又喜的语气中能感受到他满满的自豪与满足。

和食

和食就是大家熟知的日本料理，可以笼统地分为本膳料理、怀石料理和会席料理。相较于我们对菜品“色、香、味”的要求，和食则讲究“色、形、味”，即色自然、味鲜美、形多样、器精良，在食材的选择上重视季节时令，处理食材时注重保持其本身的味道。整个饮食环境处处体现着含蓄内敛之美。

平野家 京都本店

京都拥有清新的空气和优异的水质，因此这里的豆制品菜式闻名全日本。而创立于江户中期的平野家则是制作豆制品菜式的权威老店，这家拥有 300 多年历史的餐馆甚至已被载入日本的旅游教科书中。据京都当地朋友介绍，每天都会有很多日本本国游客慕名而来。

除了豆腐宴外，平野家还有一种叫“芋棒”的名菜，据说是由创始人平野先生精心研制的，他大胆地将九州芋头与北海道出产的棒鳕（鳕鱼干）一同烹煮，芋头吸满了鳕鱼干的鲜味和汤汁，口感软糯，滋味动人。

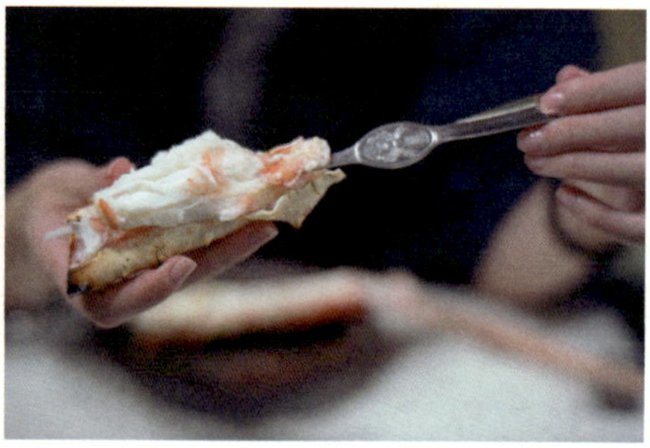

若松割烹旅馆 ⦿ 小樽

于大正 11 年（1922 年）创立的老牌旅店“若松”，位于汤之川温泉的泉源处。旅店所有房间都临海而建，面朝大海伴着涛声泡汤是再极致不过的享受。但在我看来，这个旅馆最大的魅力却在于“割烹”二字。

割烹在日语里是烹饪的意思，若松割烹从食材挑选到烹制方式，再到盛放器皿和食物摆盘，处处体现出和食的精髓。它用互相提味的方法将食材本身的味道发挥到极致，清淡自然却又风味十足，而精致的器皿与用心的摆盘又极大地满足了视觉享受。

深夜食堂

日本有许多藏在巷子深处的家庭小店，安安静静、本本分分地做着自己那几道拿手的餐食，基本只有熟门熟路的常客才能找到。菜式或许简单，口味或许普通，但一壶清酒配上情怀一起食用，味道也就变得醇厚起来。这类店几乎只有日文菜单，店家也不会说英文，所以想要在深夜食堂内好好吃饭，还得有点日文基础或者带个翻译软件才行。

奈於 京都

面积很小，开放式厨房后面是一位老爷爷在忙碌地烹制食物，年轻的服务生负责迎送宾客、收拾饭桌。往往是客人们刚刚跨进店门，就开始和老板拉家常似的聊起天来，仿佛和自己家人说话一样轻松随意，小小的空间内充满家的味道。

点了定食，平平淡淡的家常味道，不会因为有什么特别的口感或滋味而激动兴奋，却能带来一份舒适温和的踏实妥帖感。

玲 金泽

楼下是店面，老板娘就住在楼上。整个店从点单、做菜到收拾只有她一人，没有固定菜单，所有菜式取决于当天有什么食材。

在吧台坐定，随便点了几个菜，就看着老板娘在面前娴熟地切菜、开火、煮菜。听着自己点的食物在锅里咕噜咕噜的沸腾声，心里突然腾起一份特别的期待。食物还没吃进嘴里，就已经满满的幸福和满足，这感觉太美妙。

进餐中有个老食客进店，老板娘热情招呼“好久不见了呢，最近还好嘛”，顺手就倒满一杯清酒递上。那位熟客一边轻车熟路地坐在一看就是他习惯的座位上，一边笑呵呵回应“别来无恙啊”。此情此景让我们仿佛告别了游客身份，像几位附近居民一样融入到这种平淡温情的日常中。

其他特色料理

菊一关东煮 金泽

这家误打误撞进入的店，却带给我们莫大的惊喜。旧时代的装修风格，不大的门上还拉着帘子，根本看不出里面的环境。由于之前路过时看到有人排队，出于好奇心，便在清闲时抬帘而入。不想这竟然是一家创立于昭和9年（1934年）的关东煮名店。

关东煮的奥妙全在汤里。菊一家的汤底用鲣鱼和昆布熬制，再辅以酱油和其他调料，煮出来的食物鲜美异常。我们在一众本地食客的注视下用蹩脚的日文和丰富的肢体语言完成了点单。白萝卜永远是我衡量一家关东煮店汤头好不好的唯一标准，一口下去满是惊喜——萝卜丝毫没有根根须须的老渣，而且经过长时间的烹煮，汤汁饱满、鲜甜可口。除此之外，鱼糕、海带、豆腐、笋、竹轮等也都有着很高的水准。他们家还有一种带馅儿的豆腐泡，包裹有银杏果、藕和人参片，后来才知道它拥有两个诗意霸气的名字，关东人叫它“雁拟”，关西人称之“飞龙头”。

京极かねよ 📍京都

这是一家只卖鳗鱼饭的百年老店。所有鳗鱼都由老师傅用备长炭现烤而制，再浇上自家研制的独门酱汁，一份风味绝佳的鳗鱼饭就完成了。

原本我不爱吃鳗鱼，当天被迫来到这家时还超级不情愿，不过当我在厨房窗口张望老师傅烤鳗鱼时，飘出的味道确实挺香，于是鼓起勇气狠心一尝，不想一吃之下被震惊、感动到泪流满面——竟然一点腥味都没有，只有鳗鱼本身的鲜味和炭火烤出的焦香味。这简直就是灵魂鳗鱼盖饭！

他们家的鳗鱼玉子烧盖饭也是一绝，玉子烧采用新鲜鸡蛋制作，并辅以柴鱼、贝类、昆布所煮的汤汁，个大量足，甚至都能从碗的边沿溢出来。

元祖海葡萄拌饭 冲绳

海葡萄是冲绳特有的一种海生植物，吃起来有点像挂满鱼卵的海草，初次食用可能会因海水腥味而不习惯，但配合店内特制的酱油一起送入口中，就能压腥提鲜，久而久之甚至会对这种味道上瘾。

元祖海葡萄拌饭是冲绳老店，招牌拌饭中的米饭使用寿司米，再搭配海葡萄、海胆、山药泥和鲑鱼子，浇上专门的酱油醋后搅拌食用。海葡萄的海水咸味混合着海胆的鲜甜，山药泥包裹的寿司米粒口感绵长，再搭配上鲑鱼子的Q弹，形成了一种富有层次的独特口感。

值得一提的是，他们家的炸牡蛎超级大个又新鲜，另外独有的海葡萄冰淇淋也很有特色，虽说本质上就是有些绿色颗粒的盐味冰淇淋而已，但也不失为一份独特的体验。

欧洲最高海拔的齿轮火车，穿越光幔，通向少女峰顶一览阿尔卑斯群山
瑞士少女峰 2014.01 photo by_ 陈曦 stanley

新年的第一个夜晚，在干涸的河床上走着，日落之后灯光亮起，是这座桥最美的时刻
伊朗伊斯法罕 2013.01 photo by_ 悟空

林肯纪念堂背面，静静等待日落，余晖中一群小学生列队经过
美国华盛顿 2014.09 photo by_ 白宇

一场鹅毛大雪纷然而至，艰难前行时，忽见一只鸽子领着一群小雀在风雪中觅食
日本北海道函馆 2015.01 photo by_ 宋歌笙

当地人收集麋鹿脱落的角，建成了鹿角公园这个标志性的拱门
美国犹他州杰克逊镇 2014.09 photo by_ 白宇

它叫做 Dark Hedges，蜿蜒的大树将道路拱卫成了一条隧道，在日落时分尤显有趣和神秘
英国北爱尔兰 Ballymoney 小镇 2015.03 photo by_ 贵格陈

在这里，国王企鹅（King Penguin）是实至名归的“国王”
南乔治亚岛库伯湾（Cooper Bay）2015.03　photo by_ 李冰（家楹）

最传世的巨作叫大自然，最高明的艺术家叫时间
美国犹他州布莱斯峡谷国家公园 2014.11 photo by_ggyy

天外繁星，湖畔流萤
尼泊尔博卡拉费瓦湖 2014.08 photo by_ 陈医生啊

沐浴晨光，漫游天际
土耳其格莱美 2011.10 photo by_ 索尼克

黎明的曙光给冰冷的世界注入新鲜血液，在这里你能看到地球苏醒的模样
美国犹他州峡谷地国家公园 2014.01 photo by_J!MMY ZHANG

九月的“北极光之都”，绿光从 Murphy Dome 天文台背后卷起，迅速蔓延至天顶
阿拉斯加费尔班克斯 2014.09 photo by_ 郝悦如

匆匆往来，唯你驻足
梵蒂冈博物馆 2014.09 photo by_ 邱琦

穿越数万光年，而今仿佛触手可及
新西兰特卡波镇 2013.09 photo by_ 赛文哥

城壕中的罂粟花，每一朵都为一战逝者而绽放
英国伦敦塔 2014.08 photo by_Aki 梁晓秋

视界 × 连结

旅途中景色万千
总有似曾相识的画面闪现

或许是线条，或许是色彩
或许是那一幕背后的故事

左页那幅图，现在交给你
请跟随直觉
与我们分享你此刻的灵感

发送你的照片给最世界公众号

狸猫、天狗与电车

孔 雀 / text
邓蓓茵 / photo

幸好我是在傍晚第一次见到鸭川！如果是在白天，这条纵贯京都城的著名河流实在普通，我可能就嫌弃地走了。日光直射下，鸭川其实就只是一条水草丛生的城市河道而已，非要等到初夏的天色渐暗，色温变暖，鸭川特有的气息才从不知道什么地方散发开来：四散坐在河边草坪上的男女大学生，年轻人之间的对话、饮酒以及匪夷所思的游戏，和《四叠半宿舍》里的场景一模一样；鸭川里原来真的有野鸭；更高一点的地方，是各家店铺的纳凉床，用竹木搭在水渠上方的露台，有着不同颜色的纸灯笼勾边。在纳凉床上喝酒品茶的中年人里，说不定就有几位统管这座城市的天狗。这就是京都城的烟火气。

真是惭愧，对于京都的认识，大部分来自森见登美彦老师的小说改编而成的动画，特别是那部《有顶天家族》。直到第二天沿着鸭川走到下鸭神社前，我才意识到这一点。刚刚走到今出川通的贺茂桥头，左手边一眼就看到小说中出现过的 Bon Bon 咖啡厅——狸猫下鸭家的母亲大人喜欢穿着宝塚男装光顾，再往北走一个街区就是老旧的出町桝形商店街，地砖上彩色的海产纹绘和穹顶上长睫毛的金枪鱼都是商店街的标志。

下鸭神社前，神社的灵气紧挨着市井生活。贺茂川和高野川在这里汇合成了鸭川，形成一处三岔型的河道，下鸭神社就在两条河流的汇合处——这个地理位置总让人想起印度阿拉哈巴德的 Triveni Sangam，还有西藏昌都的强巴林寺，这些神庙都建在河流汇合的地方，是像漏斗一样的灵力聚集之处（即使没有寺庙也会很神奇，例如重庆的朝天门）。如果要去下鸭神社，我个人建议：不走大桥，从河里的石

孔雀

Lonely Planet《湖南》作者，做过半吊子科技青年，自行车旅行狂热爱好者，曾骑自行车穿越藏北无人区，最喜欢的是去探索未知的线路，比如骑车登上世界最高的公路山口。双腿和心灵，总会有一个在路上。

下鸭神社最值得看的恐怕是神社参道两旁遮天蔽日的大树，也就是糺之森

贵船神社

礅跳过去，顺便踩一下那几只乌龟，然后从三角地的小径走到下鸭神社参道。

待走到一处可以看到各色鸟群在树林上空盘旋的地方，便是下鸭神社前的糺之森了，那是狸猫们居住的地方。《有顶天家族》就是关于这一家狸猫的故事。故事中的京都，人类在街上生活，狸猫在地上爬行，天狗在空中飞翔，是呈三足鼎立状态的世界。整个故事围绕鸭川一带发生，但并不只是单纯把这里当做故事发生的背景，而是在狸猫的故事中讲述着这座古城的气质。

拿着酒壶的狸猫塑像在京都随处可见，在日本人心中，默认它们都是可以变身为人类和其他各种物品。在各国的传统神怪中，日本的大概是和现代社会相处得最融洽的，生活中处处可见能够给手机充电的狸猫、能够变成电车的狸猫以及行色匆匆去上班的七福神，一点也不觉得违和。

鞍马山是天狗之山 photo by 孔雀

下鸭神社正式的名称是贺茂御祖神社，游客并不多，比起清水寺、伏见稻荷大社显得清冷不少，倒是为女性求美貌的河合神社人气更旺一些。而下鸭神社最值得看的恐怕是神社参道两旁遮天蔽日的大树，也就是纠之森。

森见登美彦在京都大学上学的时候，这片森林和鸭川一带一定是他常来的地方。要替自己笔下的狸猫们选一个住所，这里自然是最好的。而鸭川两旁的店铺，也一定像3D模型一样永存于森见老师的记忆中。森见老师的狸猫们是一些喜欢快乐的家伙，它们的生活里有欢笑、有热血，也有恐惧和争斗，但是只有懂得快乐生活的成员才会让狸猫们一致钦佩。

下午去鞍马山找天狗。《有顶天家族》中势力强大的鞍马天狗驻地，也是另一部动画《京骚戏画》中代表神佛的鞍马所在地。在这个故事里，人、工业技术、神佛在另一个平行世界中的京都通过定期的三方会议形成了平衡。而在真实世界中，联结互通着下鸭神社和鞍马寺的，是叡山电车。

京都市区最美的两趟电车大概就是叡山电铁和岚山电铁。比起岚山电铁耳熟能详的樱花隧道、红叶隧道和车站温泉，叡山电铁要低调很多。电车最美的一段在最后四站——轨道在幽清的山谷中蜿蜒伸展，列车随之左右摇摆，窗外掠过的全是深绿。即使你对于铁道毫无兴趣，也应该尝试一次日本的山地电车。不禁想象，如果每天通勤地铁的窗外也是这样的美景该有多棒。架

京都，就藏在这出租车司机的漫画书里
photo by 悟空

过山谷瀑布的钢架铁桥，长满青苔的山洞隧道，机械之美和自然之美结合得如此天衣无缝，难怪日本成为了铁道迷最多的国家，每一个书店中都能找到上千本各式铁道书籍。

鞍马寺在山顶，从电车站出发还需要走一段不长的山道，绿色的石头台阶和红色的双排路灯体现出典型的日式色彩搭配。鞍马山是天狗之山，日本的天狗和中国神话中吃月亮的天狗完全不是一回事，而是一只长着长鼻子、红脸膛的神怪，它生着双翅，踩着木屐，是法术强大的山中神明。

不过专程来看天狗的人似乎不多，游客大多是本地人，要么是去走那条从鞍马寺到贵船神社的山道，要么是去一山之隔的贵船神社，品尝溪流之上的川床料理。那是接近一万日元的怀石料理，但是在暑热时节依然会排起长队，遮天蔽日的树荫下，坐在清溪白水之上的竹席上吃流水凉面，大概是堪比山中神佛的享受吧。

所以每次京都的行程，都要安排一个市场、一条铁道和一座山，相当于礼拜了一次人间、机械和神佛，毕竟城里的每一派势力都是得罪不得的。

蓝孔雀

Olivia / text & photo

我们进酒店的时候，工人们正在打扫巨大的草坪，每个人都羞涩地冲我们微笑一下，然后指点我们去经理的办公室。

经理有着宽而黄色的脸庞，让我们坐下。

——我在这里工作 35 年了。他说。

——你有没有得到一块金表？我们挑衅地问。

我们并不喜欢特别多话的人，尤其是当所有人都格外羞涩的时候，突然出现这么一个能说会道的经理。

——不，我没有金表，金表不会让我快乐，工作让我快乐；这里就像是我的家。你知道我经常这么说：

生意是大事 Business is a big thing
快乐是小事 Happiness is a small thing
冥想不是事 Meditation is nothing
而神是一切 And God, God is everything

每天，草坪旁的大树都会飘下无数杏仁状的黄绿色落叶，要是一天不扫，就会堆积得不成样子。树下的餐厅有着长长的回廊，里面放了藤编桌椅，趁着等房间的功夫正好入座喝一杯马萨拉茶（Masala tea），这是用姜奶和锡兰红茶炮制的印度饮料，店里的黄糖有些受潮，倒在茶里像是一些棕色的土沫。

两只孔雀踱步而过。

Olivia

总有一天你绕着地球转了一圈儿，发现世界并没有想象中那么大，连差异都小得近乎模糊，也许此时你就会想要读一个真正的、神奇的故事。

那些随身带小本子的人，翻出蛛丝马迹又复录在案，才长久地供人怀想；那一天我们开始研发路途味的香水，下次再去看巴黎或是伊斯坦布尔的时候，可以“噗——”一下，就喷一下。

不自由的撰稿人正细细扫拢零碎角落里的假期，准备小小离开一会儿。

后来知道，晚上听到的巨大叫声正是这对大鸟发出的，而每个黄昏，它们会直直飞到那些挂着杏仁状叶子的树上。

送茶的小哥笑着来打招呼，我们从他那里得知了经理的名字——威尔逊。

茶毕上楼时，威尔逊办公室里站着两个正在听训的员工。这个镜头在之后的每天都不断重演。有新客人来的时候，威尔逊背诵他的四句诗歌——多么符合人们对印度的美好想象；而没有客人的时候，他则会板着脸，教导他的一园子员工。

走出酒店，外面是另外的天地，在灰尘和苦难里行走的是依然乐观天真的当地人，这符合我们对他们的想象和期待。但事实上印度的一切对我们来说都如此新鲜，而对那些当地人来说我们这样的外来客也同样新鲜。

在这里很难分辨人和人之间的距离，他们看起来都那么的热情和好奇，一举一动都如此“印度”，而威尔逊却不那么“印度”，以至于令人心生疑惑。旅途中的疑惑还有很多，真想知道那些在三叉戟（Trident）和富丽堂皇的伦巴宫殿（Rambagh Palace）里穿着一尘不染白衣的宾客们，会见到怎样的印度。

而我们常见的真实场景，是很多人住在沿街黑乎乎的窗口里，以倒水供人洗手洗脸为生，他们像蜘蛛一样折叠着自己的身体，以适应窗口的矮小尺寸，也看不出什么年龄——在这样的环境条件下，很难保持年龄和外表的一致性。他们的种姓决定了他们的职业，而那些连水器都无法接触的低等种姓的人们，就只能依赖这些黑色的影子获得一些清凉。

街面上又是另外一番热闹景象。早起煮奶茶的人把茶叶渣倒在地上，卖印度玫瑰的人把散乱的花瓣倒在地上，鸽子和山羊、猴子和牛都在街上游荡，当然还有随处躺卧的狗和人，以及数不清的粪便和灰尘。所有的车辆都在不耐烦地鸣叫着，小贩们就在这些愤怒的车辆边上兜售他们的鞋子、布料、孔雀尾翎和粗制的画册，穿插其中的三轮车司机一直在怂恿游客花不同数目的卢比，去不同距离的“难以置信的美”。在躲避所有这些的时候，我也会留把注意力留给突兀而起的建筑、女人层叠的纱丽、小贩头顶半人高的面饼、画着花脸的大象。

斋浦尔有 121 头大象，在商贩最聚集的城市皇宫外，百无聊赖的大象从长长的鼻子中呼出沉重的气息，扬起尘土，它们时不时伸伸腿，以舒缓因不劳作而生出的疲惫。这些大象占了广场的大半空间，且无任何铁链之类的束缚，行人从它们喘的粗气里走过，不得不默默祈祷这些大型动物足够温和良善。

我们从琥珀堡逃离出来的时候，遇见载着游人的大象群。司机把这城市里象的数目报给我们，并放慢车速，让我们记录下尘土飞扬里它们彩色的脸。

——我再也不愿去那些需要买门票的地方了。

同伴表示同意。除了那些彩色的拉贾斯坦邦女人，游动的警卫、自拍的旅游团和咖啡店内蜂拥而至的客人都让我觉得做一个观光客是毫无格调的事情。相较之下，我们更喜欢在漫长的午餐间歇，和来自克什米尔的侍者聊路途见闻。

这位侍者是个有着鹿一样眼睛的年轻男孩，他对世界充满好奇，但这种好奇尚且停留在探索本国风光的阶段。我们从克什米尔那些闪着金光的雪山一直聊到生活和工作，在谈到要不要放弃工作去旅行时，我不禁暗自吃惊于他竟然要放弃工作，毕竟看得出他的生活并不怎么宽裕。

——其实该按照需求来搞明白自己究竟需要多少钱，就像我表兄文森特那样。

我们不得不同意这个说法，每个人有不同的活法。他的表兄文森特在读完历史专业后，做起养鸡生意，每年工作两个月——“很努力的两个月”，接着便用这两个月的收入支撑余下的一年。而在其余的时间里只做 3 件事：旅行、读书、陪孩子。

——瞧，如果你要的也是这样的生活，其实并不需要很多钱。

水宫对面的三叉戟是荒漠里奇迹般的存在，有蓝色泳池和粉色回廊，主厨刚刚过来客气地询问我们对这餐小羊肉的看法，而我们正在微风里用银质杯子品尝着大吉岭红茶。在走过一段长长的下山路后，告别了无休止的商贩搭讪，告别了与司机斗智斗勇的价格谈判，也告别了烈日、尘土、喧嚣和好奇的围观，我们终于在微笑和耐心消耗殆尽之时，坐在了这惬意的微风里，大谈“金钱无关紧要”的人生命题。

——可以吃一切苦，只要让我在路上。

年轻侍者应付了另一桌客人后，转回来给自己的愿望加上注脚。

这天看的最后一处城堡在山的更高处，被围在长而绵延的城墙里，我们的司机自然而然地拿它和长城比较。进到城堡里头，正是一天内光线最柔和的时候，城墙反射出暖暖的金黄色光采，在蓝天的映衬下不由让人想起阿维尼翁来，尤其是冬日里的教皇城，也有着这样的浓烈色彩。

旅行太多后，有时会感慨也许记忆是最煞风景的事情，理性鉴赏亦然，因为你很难再用一种初见时单纯炽热的心情去体验世间风景，当看到那些过度装饰的细节线条时，会觉得也很有维也纳的样子，而拐个弯换个视角后，塞维利亚又被召唤了出来。

带着倦意驶下山麓，无意中瞥见一只蓝色的孔雀，独自栖在一段废弃的城墙上。那一刻终于心动，仿佛被造物主选中，观赏他最心爱的作品。

是夜，载我们去伦巴宫殿夜宴的司机小伙子兴奋得有些语无伦次，尖叫着冲上城市黑漆漆的道路，像一只大鸟拽了两尾值得炫耀的异国鱼。夜色浓成一团化不开，空气中飘着挥散不去的甜腻气息，我们抓紧把手、脸色煞白，一切都显得难以捉摸而又摄人心魄。

而我也终于有一段印度往事了。

琉森的音乐世界

杨 野 / text & photo

站在世界顶级音乐厅KKL（Kultur–und Kongresszentrum Luzern，琉森文化会议中心）的顶层观景平台，远眺碧波荡漾的琉森湖和巍峨远亘的阿尔卑斯山脉，这座“光之城”的美在眼前展现无遗。距离瓦格纳（Wilhelm Richard Wagner）的歌剧《帕西法尔》正式演出只有十几分钟了，而此时我的情绪依然流连在之前的一个半小时。

古典内外的惊艳

每次来琉森听音乐会，我都会提前抵达，今天也不例外。下了火车，向琉森湖畔的特里布申方向走去，日常的漫步已经令人心旷神怡。环顾四周，没有老城区密密麻麻的建筑，也不见熙熙攘攘的游人，视野开阔，内心也格外宁静。当然，在虔诚的瓦格纳音乐爱好者心目中，这段路独具深意。就在湖边的一幢鹅黄色房子里（如今已是瓦格纳博物馆），瓦格纳度过了六年的温柔时光，实现了人生的救赎。其间，他与李斯特的女儿科西玛完婚，完成了《纽伦堡名歌手》等名作，家庭、事业都展现盎然生机。

湖畔随意找长椅坐下，端详绿茵中央的白房子。优雅的巴洛克式旋转阶梯透过窗户若隐若现，此刻头脑中响起《齐格弗里德牧歌》的旋律。这样的通感不会令我惊讶，因为无论是在唱片里还是音乐会上，这首温暖至极的曲子，我已有幸欣赏数十次了。随着乐声越来越清晰，1870 年圣诞节清晨的场景仿佛出现在眼前——这天是妻子科西玛的生日，瓦格纳约请苏黎世市政厅乐团的乐手在自家的阶梯上演绎这份生

杨野

90后，生于云南大理，现居瑞士洛桑，从事科学研究。“乐痴”，曾担任清华大学古典爱乐社社长，年均欣赏30场演出；“漫游者”，足迹遍布近20个国家的上百个城市或地区；“怀旧者”，做过设计顾问，醉心于过去的时尚和生活方式；“兼得者”，偶尔也尝试户外、摄影、配乐、写作、做菜。

日礼物，以此唤醒熟睡中的妻子和刚满一岁的幼子齐格弗里德。“今天，我听到了最美妙的《齐格弗里德牧歌》。”因为这一瞬间的心有灵犀，我发自内心地对这份美好深信不疑。

连结黄房子与KKL的，是一段悠闲的沿湖步行道。欣赏风景的同时，也不由自主地向正在从容收整船帆的当地居民行上注目礼。忽然附近响起萨克斯演奏的声音，轻松欢快的爵士乐声越来越清晰。走过天鹅簇集的白色拱桥时，眼前豁然一亮，原来今天是琉森当地帆船协会的聚会日。毫无疑问，这是个开心的日子。享用佳肴美酒的同时，不少人随着乐声舞蹈起来。虽然这个聚会并不对外开放，但和我一样不禁驻足的漫步者不在少数，因为音乐是最宽容的，是开放给所有人共享的。

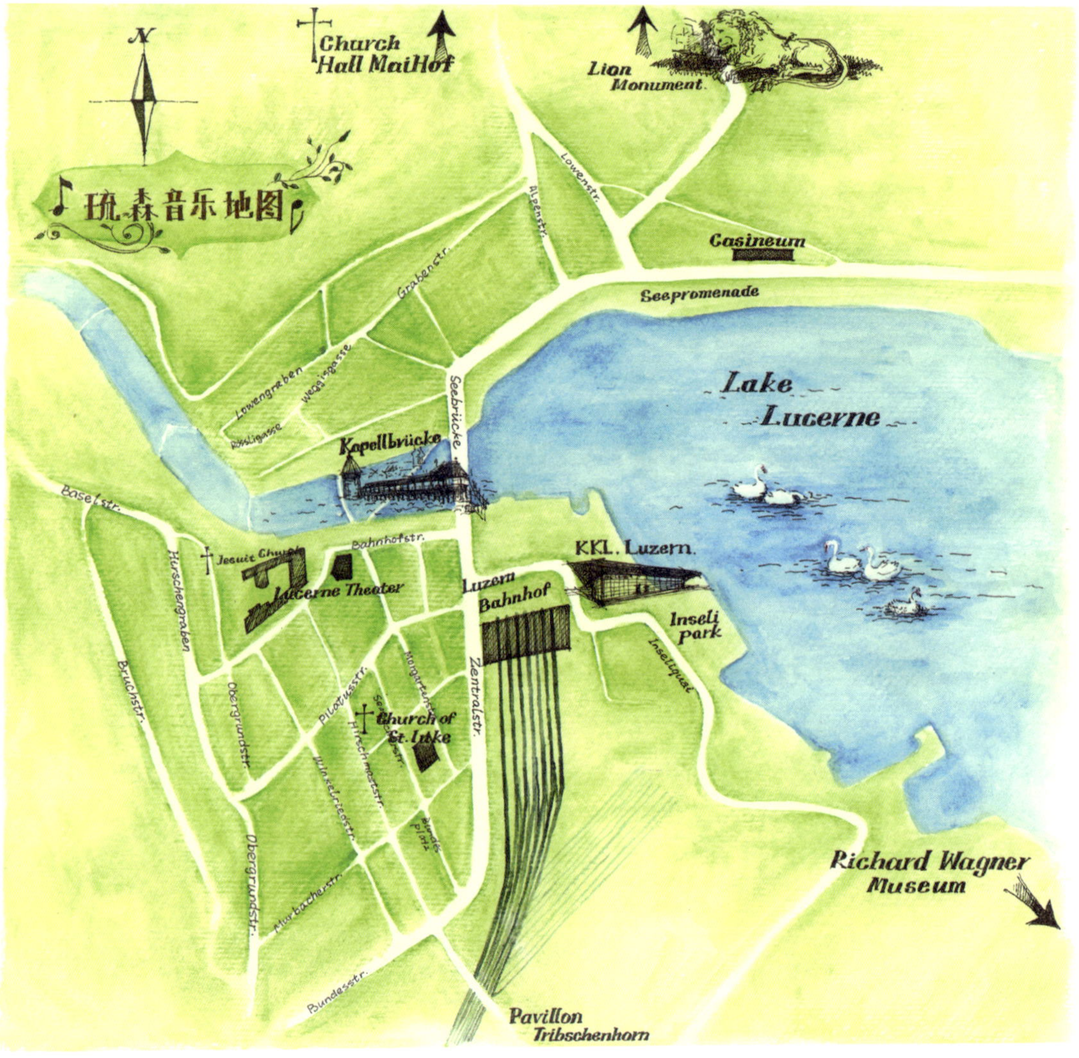

柴乐了 / 绘

琉森文化会议中心	KKL Luzern
琉森火车站及巴士总站	Luzern Bahnhof
Inseli 公园	Inseli Park
卡贝尔桥	Kapellbrücke
瓦格纳博物馆	Richard Wagner Museum
垂死狮子像	Lion Monument
大赌场	Casineum
圣吕克教堂	Church of St. Luke
琉森剧院	Lucerne Theater
圣约瑟夫梅霍教堂	Church Hall MaiHof
特里布申亭	Pavillon Tribschenhorn

KKL 和琉森码头就在前方，行人渐多。休闲时瑞士人喜欢来到湖边绿地聚会，天气晴朗的今天更不会错过，所以此时湖滨的伊塞利公园（Inseli Park）非常热闹。流行电子乐的分贝越来越高，不同肤色、不同语言的年轻人在公园中心舞动起来，活力引得不少中老年人发出赞叹，有人更投身其中，干脆加入舞群。不远处，游船靠岸。原本匆匆下船的游客也被这欢快的氛围所吸引，或放慢脚步，或驻足观看，或拍照留念。每个身在此地的人，都尽情享受着音乐带给我们的美妙此刻。

全世界举办大型音乐节的城市不在少数，为什么以古典音乐为主的琉森音乐节在近十年间能够独领风骚？对我来说，这个问题的答案，除了风景怡人、交通便利、大师云集，最迷人处就在刚刚这段湖畔散步中——大概只有在琉森，才能那么自然而然地享受到今天这样的既可古典又够多元的听觉盛宴。在这里，瓦格纳、爵士、电子乐以及与音乐相关的一切，共同诠释着音乐于人的意义——不同背景、不同喜好的人们，都能在这个轻松和谐的环境中，感受音乐散发的迷人魔力。

阿巴多、琉森音乐节与我

和绝大多数中国乐迷一样，我也是因为意大利传奇指挥克劳迪奥·阿巴多（Claudio Abbado）而结缘琉森音乐节的。那是 2009 年秋天，阿巴多

带领“亲兵”琉森节日乐团（Lucerne Festival Orchestra）来到北京。国家大剧院那四场堪称改变中国古典乐进程的音乐会，相信每一位亲历者都印象深刻并为之折服。作为幸运儿中的一个，我时不时怀想自己当时的痴迷模样，至今记得邻座一位从武汉专程赶来的乐迷的感叹：愿三生有幸能去琉森欣赏阿巴多。

之后的四年，从北京到洛桑，我的学业和生活都经历了意料内外的诸多变化，而音乐之神始终眷顾，我再度成为幸运儿。2013年8月的最后一个周末，琉森音乐节迎来了75周年庆典，恰逢阿巴多大师八十华诞，音乐节组委会以空前高涨的热情策划了一系列无与伦比的庆祝活动。

好友罗景文起了一个大早排队，终于帮我领到这个活动日的5场演出票。当天的演出内容空前丰富，从合唱到室内乐，从巴洛克到现代派，当然重头戏还是傍晚琉森节日乐团的压轴演出。在这个特殊的日子，KKL入口大厅里举办了琉森音乐节回顾展。演出间隙，通过参观满墙的历届宣传海报和资料，人们得以面对面了解和感受琉森音乐节的峥嵘往昔。

这其中，最耐人寻味的莫过于音乐及音乐家们在历史风云中的选择。1872 年，瓦格纳响应其崇拜者巴伐利亚国王路德维希二世的召唤，离开了挚爱的琉森，举家迁往德国拜罗伊特。琉森，会就此成为跷跷板中下坠的那一端吗？其后的历史进程证明，慷慨地给予了艺术家无尽灵感的琉森不会被艺术遗忘。

1938 年，瓦格纳的另一位崇拜者希特勒所领导的纳粹势力嚣张至极，包括意大利指挥家托斯卡尼尼在内的一批优秀指挥拒绝赴德演出，也失去了在象征德奥传统的萨尔茨堡和拜罗伊特音乐节担当指挥的资格。这种情况下，艺术家们选择了中立国瑞士，选择了琉森，开拓新的舞台。当年的第一场音乐会，正是在瓦格纳黄房子外的草坪上举行的。

战争结束，社会秩序日趋恢复，大师们也逐渐回归原位。作为避风港的琉森音乐节，影响力渐弱，70 年代之后甚至被人遗忘。90 年代末，伴随瑞士国内复兴琉森音乐节的呼声不断高涨，州政府在琉森湖畔建成了世界顶级的音乐厅——KKL。作为法国建筑大师、普利兹克奖得主让·努维尔的代表作，这座集展演、会议与休闲为一体的现代主义建筑，从落成的那一天起，就注定见证这个时代的无数伟大瞬间。

可以说，阿巴多之于 KKL，就如同瓦格纳之于拜罗伊特节日剧院，光芒不灭。1998 年，阿巴多带领柏林爱乐乐团奉献了这座音乐厅的“开光”演出。大师莅临，盛况空前，乐迷欢欣，美誉如潮。阿巴多对音乐厅及当地组织机构的执行力赞不绝口，冥冥之中预示着琉森音乐节的复兴。两年后，出乎所有人的意料，阿巴多不幸罹患胃癌，如日中天的艺术生涯戛然而止。在辞去柏林爱乐乐团艺术总监一职后，阿巴多回到瑞士南部及意大利撒丁岛的居所接受治疗，静心休养。

正当全球乐迷扼腕长叹之时，2002 年伊始，阿巴多奇迹般地康复，不仅再续艺术生涯，还带领琉森音乐节重回乐迷视线。大师的个人魅力加上音乐节强大的资金支持，重新打造了一支由全世界最优秀乐手组成的琉森节日

乐团。这支乐团以著名的马勒室内乐团为基础，可谓当今全球水平最高的乐团之一。2003 年夏季音乐节开幕音乐会，阿巴多携乐团呈现了精彩绝伦的演绎，而曲目正是马勒第二交响曲——《复活》。

琉森音乐节的萌生、荣耀、沉寂与复兴，无不发人深思。新世纪至今，在阿巴多、琉森节日乐团和众多音乐家的努力下，琉森已经成为全球古典乐迷心目中的朝圣之地。2013 年，正值琉森音乐节 75 周年庆典，我却见证了一场至今仍感觉沉重异常的音乐会。

当天下午 5 点，琉森“全明星”乐团压轴大戏准时开演。演出前，有友人曾确切告知，音乐会末尾阿巴多大师将作为神秘嘉宾出场并指挥最后一曲。倒数第二部作品结束，所有听众都注视着舞台出口。然而，等待了近 5 分钟，登台的却是一位大家并不熟悉的年轻指挥。音乐会后也没有传闻中的庆祝仪式。

当晚的我怅然若失，神情恍惚地踏上返回洛桑的火车。我能感觉到最后一刻的情况有些异常，但这样的不安不久后便消散了，我相信今后还有机会欣赏到神作。

然而，当我订好了 2014 年琉森复活节音乐节的演出票，和全球乐迷一样满心期待与阿巴多重会时，2014 年 1 月 20 日上午噩耗传来——阿巴多大师病逝于博洛尼亚老家。

这消息有如晴天霹雳，震惊了全世界乐迷。后来得知，其实在 75 周年庆典前一周，阿巴多的身体状况就急转直下，甚至无法进食。但在被众人寄托了厚望的琉森，他还是坚持上台演绎了那几场悲恸卓绝的“天鹅之歌”。

不在时，人们更能感受到他的存在

——“阿巴多走了，你还会去琉森吗？”

——“肯定去，他应该还在那里。”

这是 2014 年上半年我与朋友间常有的对话。当然，所有人都知道阿巴多不会复活，但艺术家的生命因其作品及对其他生命的影响而得以延续。

复活节假期来临。在这个对西方民众而言仅次于圣诞节的重要节日，2014 年琉森复活节音乐节如期举行。我依旧来到了琉森，这次不仅因为一种习惯，还有独特的原因。

音乐节组委会矜持有度，似乎有意平复大师离世给乐迷带来的悲痛，专门纪念阿巴多的音乐会，除了在入口处摆放了供乐迷抒发怀念之情的纸笔，其他一切和以往的那些场次并无差别。

我和朋友利用午间空闲参观了著名的垂死狮子像，之后在伊赛利公园歇息并合影留念。在琉森这个总能抚慰人心的地方，生活继续，音乐永恒。对于阿巴多的回忆，更多的是美好和光明。来到 KKL 一楼大厅，在纪念册上用中文写下对大师的感念。环顾四周，身着华服的乐迷，来自瑞士、欧洲甚至全世界，年龄不同，肤色有别，但都怀着对音乐的热爱聚到这里。

这场纪念音乐会虽然是临时增加的，但身在全球各地的琉森节日乐团“全明星”乐手还是如期如数地汇聚在琉森，为大家敬爱的“老朋友”克劳迪奥·阿巴多共同献上祝福。和大师生前最后那场音乐会一样，乐队首先演奏了舒伯特的 b 小调第八交响曲《未完成》，空空如也的指挥台仿佛充满了魔力，指引着每一位乐手。

那一刻，心底的回忆与耳畔的乐声发生着某种奇妙的反应，那是一种难以名状的切身体验。音乐会的最后一曲是马勒第三交响的最后一个慢乐章，指挥台上的是阿巴多大师生前十分欣赏的青年指挥家安德烈斯·尼尔森斯（Andris Nelsons）。随着这首温暖悠扬、饱含深情的曲子慢慢展开，那种反应对乐手和年轻指挥的作用愈发明显。到末尾高潮处，我和在场所有人一样泪如泉涌，克制已久的情感流露无遗。当最后一个音符落下，属于天国的音乐弥漫整个音乐厅。

琉森音乐节组织方提供的网上购票及选座系统十分方便，对远在大洋彼岸的中国乐迷是一大福音。

每年复活节音乐节将于3月底至4月初举行，网上开票时间通常设在前一年11月初；每年夏季音乐节将于8月中旬至9月中旬举行，网上开票时间为当年3月初；而每年11月底的钢琴音乐节在当年8月初开始售票。琉森音乐节演出的重点场次，80%的票往往会在开票两周内售罄，建议乐迷提前计划、尽早购票。

瑞士的消费水平远高于欧洲其他国家，琉森音乐节的演出票价也高于其他音乐节。大型交响乐场次的票价为40-300瑞士法郎，独奏、室内乐场次票价约为20-150瑞士法郎。学生朋友可以在演出开始前1小时以20瑞士法郎购买到限量的学生票。

购买琉森音乐节任何场次的演出票，在演出当天都可享受交通福利：持票可以半价购买瑞士交通系统中任一起点至琉森的往返交通票；演出前3小时及演出后3小时的时间段内，可免费使用琉森市内的公共交通系统。

琉森音乐节官网
www.lucernefestival.ch/en

《不在时，人们更能感受到阿巴多的存在》，这是2014年演出翌日英国《卫报》评论那场直抵内心的纪念音乐会的文章标题。作为亲历者中的一人，我由衷地认可。

在我们所在的这个世界上，总有人为艺术而生。即便身体不复存在，灵魂却因艺术而永恒。感谢琉森音乐节总监迈克·海弗里格（Michael Haefliger）先生，在他及团队的不懈努力下，虽然进入了“后阿巴多”时代，但琉森的辉煌并没有因为阿巴多的离去而终止。

2015年琉森夏季音乐节的节目策划已于年初公布，荷兰传奇指挥海丁克（Bernard Haitink）与尼尔森斯都会指挥琉森节日乐团，为大家带来以马勒交响曲为主体的四场音乐会。整个夏季音乐节期间，以柏林爱乐乐团、维也纳爱乐乐团、德累斯顿国立管弦乐团等为代表的世界顶级交响乐团，和以巴伦博伊姆（Daniel Barenboim）、蒂勒曼（Christian Thielemann）、布隆斯泰特（Hebert Blomstedt）、伊莎贝尔·弗斯特（Isabelle Faust）等为代表的世界顶级音乐家，都会走上KKL的舞台，演绎新的传奇。

不少人问过我同样的问题：世界上有那么多音乐节，为什么你独独钟情于琉森？

以前，我会回答：因为阿巴多。

而现在，我会回答：琉森湖、阿尔卑斯山脉和KKL已经和我所经历过的无数伟大瞬间融为一体，成为属于我自己的故事，并且未完成。

NUO MINATO

×

整个港口，都是荒木经惟

出发之前，先读了关于他的书，才去看荒木经惟。

虽然有心理准备，但踏上宇野港时，没有料到一大面荒木经惟的照片会如此蛮横地霸占街头。这就是他的个性吧，或许惹人非议，或许玩世不恭，对于摄影，他总有着超乎世俗的跳跃思考。

荒木经惟在濑户内国际艺术祭参与的作品名称为《PRADISE》。他构筑的画面里，有着神秘浓郁的生死世界，生为爱神 Eras，死如死神 Thanatos。他利用没有生命的女体人偶配上恐龙玩具，模拟希腊神话神祇的角色，衬以鲜活的艳色花卉，将画面调校出神秘而不安的妖异感。它是写真，却更像是一幅光画。

花与生物，不仅是他最擅长使用的合作对象，关于过去、现在、未来三个时空概念也经常包含其中。对荒木经惟而言，摄影是时间短促的艺术行为，他相信按下快门那一刻，即可瞬间感受被摄体的生与死。

户外写真看板

筑港商店街上的户外写真看板共有五处。或许是因为这个海港花俏招牌太少，色墨浅薄，当我习惯了在城里必须费力寻找视觉目标时，朴实无华的街景过滤了都市里纷乱视线，荒木经惟的写真即使不做任何事，仅仅挂在墙上，已自然成为强大磁场，挑衅过路观众的感官。

街中写真计划

荒木经惟个展是《街中写真プロジェクト》(街中写真计划)的一部分。利用商店街内闲置的店铺一楼,展示《PARADISE》全系列作品。

同一栋建筑的二楼展出的作品,摄影家是曾在20世纪80年代初期任英国乐团“JAPAN”主唱、乐团解散后转型为艺术家的大卫·西尔维安(David Sylvian),摄影作品系列名称为《abandon/hope》(断念/希望)。他的作品中带着冷漠的距离感,既接近又疏离,沉默地观看世界,隐隐透露着对爱与希望的追逐。

街中写真计划另有三个同样设置于空屋的展览,佐内正史巡游濑户内诸岛拍摄的《島島》、野村佐纪子为玉野市高龄老者留下人像纪录的《Platinum Portrait》,以及公开募集玉野市民提供家中老旧港口写真的《連絡船》。

荒木经惟便当:《Una弁》

没错,荒木经惟的照片,也能拿来做便当!

其实只是便当盒外覆上一张荒木经惟写真的包装纸,便当里的内容倒是相当正常,就是日本传统的车站便当。用玉野市的特产五谷稻米与海苔,以及冈山县产蔬菜制作的丰盛菜肴,每个便当都是当地的妈妈团队亲手制作、亲自贩卖,一

天限定数量依照平日假日 30 ~ 60 个不等，每天仅在中午前贩卖，卖完为止。

我花了 850 日元购买一个既能吃饱又能收藏的 Una 弁，搭着荒木经惟列车前往冈山，真是身心灵都充满了荒木经惟元素啊。

荒木经惟列车

以写真作品为主角的荒木经惟艺术列车，冈山的宇野线有一列，高松的予赞线则为另一列。

宇野线的荒木列车仅从宇野站行驶到茶屋町站，两节车厢的普通电车，设计较简单，仅挂满车厢海报与宣传告示牌，其实并不算特殊。而利用高松予赞线与土赞线快速列车改造的荒木列车，以妖艳浮夸的放大写真将整个车体毫无保留地包装起来，显然厉害多了。

车厢外很霸气，车内倒是依旧维持原貌。人们毫不在乎搭上车，看书的看书，玩手机的玩手机，列车长也神态自若地在车长室指挥发车，完全无视月台上拿着相机狂拍的观光客。至少我捧着镜头上下左右乱按一通时，列车长依旧一脸专业镇定的表情。

车外狂癫、车内冷静。摄影，是否一定要与环境发生关系，或只存在摄影者与被摄者的意识，荒木经惟在移动的风景中，留下一个庞大的思考。

BOOK RECOMMENDATION

×

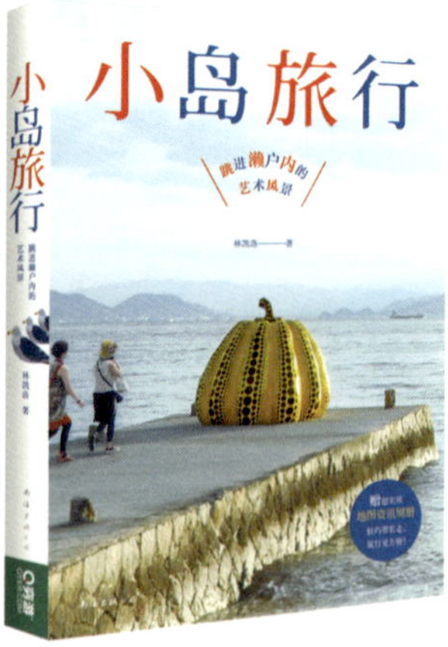

小岛旅行
跳进濑户内的艺术风景

作者：林凯洛
出版社：南海出版公司
ISBN: 9787544276863

杨潇 / photo

BOOK RECOMMENDATION

作者：[英] 斯坦利-史密斯
摄影：[日] 梶山正
出版社：新星出版社
出版时间：2015年4月

京都山居生活

一座长满香草的午后庭院 一段远离尘嚣的诗意时光

一所古旧的百年农居，让英国贵族出身的维尼夏在京都的山间停下了脚步，找到了自己真正想要的生活——

亲手开辟一座庭院，栽种一百五十多种香草。夏日天静昼长，听得到薄荷、罗勒、迷迭香、薰衣草……勃勃生长的声音；秋之七草随风摇曳的时节，用古法调制花草茶，制作手工皂，酿造梅子酒。闲时在薄雾笼罩的清晨漫步田园深处，于暮色四合的河畔观赏流萤点点。

播种、浇水、劳作、收获。

就这样，度过一生。

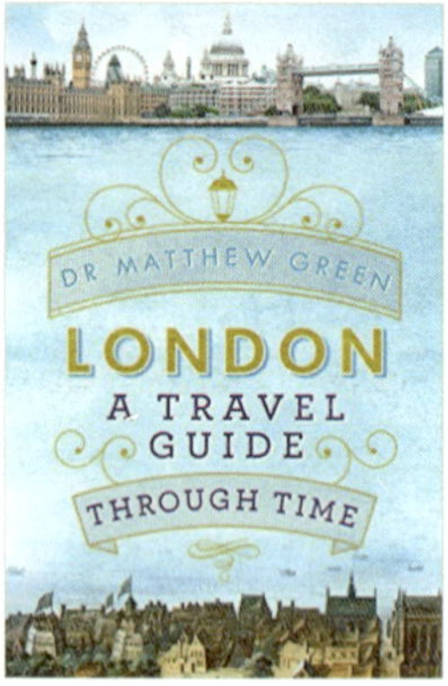

作者：Matthew Green
出版社：Penguin
出版时间：June, 2015

London:
A Travel Guide Through Time

伦敦是一个非常有历史底蕴的城市，作者认为：行走在现在的伦敦街头，本身就是一场时间旅行，游览城市就是时间旅行的方式，以伦敦的建筑、街道及其名称等作为时间机器进入伦敦的过去。而无论哪个时期的伦敦，城市中都充满各种景物、声音和味道。作者试图从视觉、听觉、嗅觉、味觉各个维度引领读者去感受特定时期伦敦的社会状况、了解发生在当时的各种事件、体察各种人物的命运，等等。通过在时间旅行过程中接触陌生世界，他希望达到更加了解当下社会生活的目的，而我们当下的生活也终将成为历史。